不想相親的我設下高門檻條件，結果同班同學成了婚約對象!? 5

櫻木櫻

插畫

clear

story by sakuragisakura

illustration by clear

Kadokawa Fantastic Novels

Contents

story by sakuragisakura
illustration by clear
designed by AFTERGLOW

序章　與婚約對象的日常

黃金週結束後，隔了段時間……
某一天假日。
高瀨川由弦獨自站在車站的閘門附近。
他頻頻望向手錶和手機，確認時間。
不久後……
「由弦同學。」
纖細可愛的聲音傳入耳中。
由弦回過頭，只見一名楚楚可憐的少女站在眼前。
偏淺的棕色頭髮、雪白的肌膚、翠綠色的眼睛。
是由弦的戀人兼未婚妻——
雪城愛理沙站在那裡。
「不好意思，讓你久等了。」
愛理沙愧疚地說。

由弦則用力搖頭。

「不會，我也才剛到。」

其實他等了一下，但絕不會老實承認。

這叫所謂的場面話。

況且他的心胸可沒狹窄到遲到十分鐘就生氣。

「啊，可是……」

突然想起一件事的他咕噥道。

愛理沙面露疑惑。

「……怎麼了嗎？」

「我等了幾分鐘，所以希望妳表示一下歉意。」

由弦這麼說。

愛理沙瞬間歪過頭。

她不懂由弦的意思。

看起來既不像在生氣。

也不像要她道歉。

這個情況下，該如何表示歉意？

想了一會兒的她，臉頰染上淡粉色。

「……我知道了。」

她輕輕將雙手放到由弦肩上。

然後踮起腳尖。

由弦的藍眼中，映著愛理沙的綠眼。

他眼中的少女害羞地微微垂下眼眸。

閉上眼睛……

「嗯……」

將柔軟的嘴唇……

按在他的臉頰上。

「……這樣可以嗎？」

愛理沙以水汪汪的眼睛瞪著由弦，如此說道。

白皙的肌膚變得一片通紅。

事後回想起來，八成會害羞到不行。

「嗯……謝謝妳。」

由弦輕輕擁抱愛理沙的身體。

接著親吻她的臉頰。

愛理沙眼神迷濛。

由弦握住愛理沙的手。
「那我們走吧。」
「好的。」
有些臉紅的她，高興地點頭。

※

今天的約會地點，是來過好幾次的地方。
也就是綜合娛樂休閒館。
這裡是他們初次約會的地方，有著許多回憶。
「我換好衣服了。」
愛理沙將約會穿的時髦服裝，換成方便活動的衣服。
是短褲搭T恤的簡單裝扮。
頭髮難得綁成了馬尾。
「……怎麼了？」
「沒有啦，只是覺得妳穿什麼都很適合。」
儘管是重視靈活度的服裝，卻依然時尚又可愛。

由於穿著這身衣服的人本身很可愛，這也是理所當然的。
「奉承我也沒好處喔？……那麼，今天要做什麼呢？」
愛理沙隨口回應由弦的稱讚。
但她的臉頰微微泛紅。就對那冷淡的態度睜一隻眼閉一隻眼吧。
「我想想……」
兩人已經造訪過這裡好幾次。
射飛鏢、保齡球、棒球等遊戲都玩過了。
「很久沒打網球了，要不要來幾場？」
他們第一次來這裡的時候，就是去打網球。
想起當時的回憶，由弦開口提議。
「真令人懷念……可以呀。」
愛理沙似乎也想起來了。
她稍微瞇起眼睛，點了點頭。
兩人馬上借來球拍及網球，站到網球場上。
先從簡單的對打開始。
黃色網球在兩人之間來來回回。
「要比幾場？」

「這個嘛……三場好了。能明確分出勝負。」

「那……要訂個懲罰遊戲嗎？」

愛理沙聞言，露出挑釁的笑容。

「好呀……輸的人要答應贏的人一個要求，如何？」

「沒問題……反正贏的會是我。」

贏了再叫她親我一下吧。

由弦邊想邊擊出第一球。

雖說他們是對感情和睦的情侶，不過比賽起來可是認真的。

更遑論還加上了「輸的人要答應贏的人一個要求」這個報酬。

而第一場比賽的結果……

「唔唔……」

「我贏了。」

是由弦將勝利拱手讓給愛理沙。

由弦詢問愉悅地擦著汗的愛理沙：

「妳變強了？」

「其實，我之前跟亞夜香同學她們玩過幾次。」

看來她在由弦不知道的時候特訓過。

不拿出真本事的話，會輸。

事關男友的尊嚴。

「下一場我也會拿下的。」

「沒那麼容易。」

由弦打起幹勁，迎接第二場比賽。

而第二場比賽的結果……

是由弦贏了。

勝因是他的精神比第一場比賽時更加緊繃。

另一點則是……

「比體力和肌力，我是不會輸的。」

「這樣是不是不太公平？」

男女的身體能力有著巨大差異。

儘管若是不擅長運動的男性和運動神經發達的女性，前者可能會輸……幸好由弦的運動神經絕對不差。

因此比賽時間拖得愈長，對由弦就愈有利。

「下次我也會贏的。」

「……我絕對不會輸。」

第三場比賽。

成了由弦跟愛理沙互不相讓的激戰。

最後奪得勝利的……

「萬歲——！」

「怎麼……可能？」

是愛理沙。

由弦的敗因在於第二場比賽獲得勝利，害他太過輕敵。

不過愛理沙反而變得更加專注，於是順利贏過由弦。

「那等等你會答應我的要求吧？」

「……嗯，可以是可以。妳要我做什麼？」

愛理沙的臉頰染上淡粉色。

猶豫片刻後，她開口說道：

「呃、呃……那個……」

愛理沙正準備說下去。

卻似乎想到了什麼，瞬間露出驚訝的表情，手按在臉頰上。

「……怎麼了？」

「要求等之後再說吧。」

她邊說邊用毛巾擦汗。

由弦一頭霧水。

※

快樂的約會時間倏忽即逝。

兩人把運動服換回便服，離開休閒館。

他們牽著手，走在回家路上。

「一年前，我還真沒想到會跟妳變成這種關係呢。」

由弦喃喃說道。

愛理沙輕笑出聲。

「我也是……以前我們的態度都好僵硬喔。」

「哈哈……甚至還特地跑去約會，證明我們感情有多好。」

但現在沒必要裝了。

因為他們的感情確實很好。

「……雖然事到如今，問這個有點奇怪。」

「請說？」

「當時……妳覺得跟我約會開心嗎？」

先不提現在。

當時的愛理沙應該不喜歡由弦。

儘管就由弦看來，她似乎還滿樂在其中的，不過……

「不開心就不會喜歡上你了吧？」

「啊哈哈……說得也是。」

由弦不禁苦笑。

然後搔著臉頰以掩飾害羞。

「呃……我只是在想，去綜合娛樂休閒館玩是還好，但游泳池之類的地方……我一開始以為妳會不想去呢。」

「這個嘛……我當時是嚇了一跳沒錯。」

愛理沙的臉頰微微泛紅。

跟不是男友的男性前往游泳池，難度有點高。

然而，愛理沙確實答應了由弦的邀約，代表她跨過了這道檻。

「現在回想起來……我當時就喜歡上你了吧。」

「咦？……是嗎？」

由弦回憶了一下。他對愛理沙產生類似「愛意」的感情，是在夏日祭典之際。

他萬萬沒想到愛理沙從去游泳時開始，就對自己抱持著好感。

「當然……我也沒想到我們會變成這種關係。可是——」

「……可是？」

「那個……我當時就覺得你是個很棒的人。」

愛理沙害羞地移開目光。

她不知為何露出有點生氣的表情，眼角微微上揚，瞪著由弦。

「那……你呢？」

「……妳是指什麼？」

「只有我一個人說，你卻不告訴我，太不公平了吧。」

也就是說，她問的是剛好在一年前的那個時間點——

由弦對愛理沙有什麼感覺？

「……我想想。」

他希望跟愛理沙成為戀人，是在什麼時候？

仔細想想……果然是夏日祭典過後。

話雖如此，卻不代表在那之前他並未將愛理沙視為異性。

「我……說不定也是在當時就喜歡上妳了。」

「『說不定』是什麼意思？」

「呃、呃……哎，因為我叫自己不要去想那種事嘛。」

愛理沙是個可愛的女孩子。

一直以來都沒有改變……當然，嚴格來說是現在比較可愛。

要由弦不把她當成異性看待，有點強人所難。

「……叫自己不要去想那種事？」

「畢竟我們的關係建立在假婚約之上……要是想太多，之後會捨不得放手吧？」

愛理沙聞言，嘴角勾起一抹淺笑。

「結果你捨不得放手了嗎？」

「就是這樣。」

由弦果斷回答，沒有一絲躊躇。

他握緊愛理沙的手。

「我變得好想要妳……不想把妳讓給任何人。」

「是、是嗎？」

或許是因為由弦的回答比愛理沙想像中來得熱情。

她的語氣有些不知所措。

「……假設——」

「嗯？」

「假設我說不想跟你在一起，你會怎麼做？」

面對愛理沙的問題，由弦笑了笑。

「即使如此……既然已經喜歡上了也沒辦法。我不會輕易放棄。」

「……意思是你會拚命追我嘍？」

「那還用說？」

由弦自然而然地揚起嘴角。

「我會祭出各種手段得到妳。」

「那、那還真是……」

各種手段。

用不著多說，愛理沙也知道其中包含強硬的手段。

「怎麼這樣啦。要是你來真的……」

她將紅通通的臉朝向由弦。

眼眸濕潤。

張開誘人的雙唇。

「我不就逃不掉了？」

用不著說明……

高瀨川和天城，前者的力量遠勝於後者。

愛理沙想從使用「各種手段」的由弦手下逃離，應該有困難。
「我才不會讓妳逃掉……永遠不會。」
雖然語氣聽起來像是在開玩笑，由弦的這句話卻是出自真心。
他接著詢問愛理沙：
「還是說，妳有逃跑的計畫？」
「怎麼可能？」
愛理沙搖搖頭。
「我也……不會讓你逃掉喔？」
關於這點，他們其實是半斤八兩。
由弦和愛理沙同時笑了。
「嗯……我的胃的確被妳抓住了。」
「至少在你死之前，我都會幫你煮味噌湯喔。」
「上天國後也麻煩妳了。」
「天國……前提是有那種地方嘍……天國存在嗎？」
「這……死了才會知道吧。」
兩人像這樣聊著天國，抵達愛理沙家前。
離別的時間到來。

「那愛理沙，明天學校見……」

「……等一下。」

由弦準備離開之際，愛理沙抓住他的衣服。

由弦歪過頭。

「……要再聊一下嗎？」

他也捨不得跟愛理沙分開。

自然會想多聊幾句。

……雖然不能一直站在這裡聊天。

「不是的，我沒有那個意思……那個，我還沒提出要求，對吧？」

「要求……噢，是網球比賽的。嗯嗯，我記得。」

把這件事忘得一乾二淨的由弦，像是要打馬虎眼似的這麼說。

而愛理沙瞇眼瞪著他。

「真是的……」

「呃……所以，妳的要求是？……拜託不要太刁難人喔。」

由弦說完後……

不知為何，愛理沙轉頭面向旁邊。

然後指著自己的臉頰。

「……愛理沙。」

「那個，道別的……就是……那個。」

「……哪個？」

由弦故作無知地回問。愛理沙滿臉通紅，面向由弦。

「就是，道別的親……」

愛理沙沒能說出下一句話。

因為由弦堵住了她的嘴巴。

「……！」

事發突然，愛理沙驚訝得瞪大眼睛。

這段期間，由弦以雙手使勁將愛理沙摟過來抱緊她。

止汗劑的香味搔弄著由弦的鼻腔。

他用全身感受愛理沙的柔軟及溫暖。

「……等等，由弦……同學！」

愛理沙扭動身體抗議。由弦再度堵住她的嘴巴。

緊緊擁抱她。

彷彿表示不會讓她逃掉。

接著吻住她的唇。

……過了二十秒左右。
由弦終於放開愛理沙。
「這樣可以嗎？」
由弦的語氣平靜如水。
臉卻是紅的。
……他也覺得很害羞。
「……」
但愛理沙比他更難為情。
她紅著臉瞪視由弦。
「……下次請先跟我說一聲。」
由弦則露出淘氣的笑容。
「是妳先叫我親妳的吧？」
「我、我希望你親的……不是嘴巴，是臉頰……」
愛理沙表示抗議。
由弦親了她的臉頰一下。
「……這樣可以嗎？」
「……唉。」

愛理沙像是要掩飾害羞似的深深嘆息。
然後轉過身……
在打開家門前回頭望向由弦。
氣呼呼地說：
「原諒你。」

第一章　婚約對象和學園祭

「好吃嗎？由弦同學。」

「嗯……好吃。」

聽見由弦的回答，愛理沙高興地展露微笑。

「這樣呀……那就好。」

五月中旬的某天午休。

由弦跟愛理沙共進午餐。

當然是品嚐她準備的愛妻便當。

味道自不用多說。

依舊十分美味。

只不過……

「……是不是有點多？」

總覺得……便當的量一天比一天多。

當然，愛理沙有顧慮到飲食平衡，所以肉的分量一多，蔬菜的量也會隨之增加。

「啊……對不起，不小心做太多了……」

由弦的疑惑讓愛理沙害臊地搔著臉頰。

她好像太有幹勁了。

……愛理沙準備便當時總會太過認真，並非由弦的錯覺。

「可是，我以為男生應該吃得下……那個，不必硬吃……剩下來也沒關係喔？」

愛理沙看起來有點難過。

聽她這麼一說，由弦一句話都講不出口。

「不、不會……這點量我吃得下。」

實際上，還不至於吃不下。

只是下一堂課肯定會很睏。

「不過以後如果能稍微控制一下分量，我會很高興的。」

「知道了，我會留意。」

他姑且提醒了愛理沙一句，再度跟便當奮戰起來。

正當他心想「這麼多炸雞有點膩啊」之際……

「對了，由弦同學。今天的班會……關於學園祭要做什麼，你打算發表什麼意見？」

「學園祭……？不就是咖啡廳嗎？」

愛理沙的問題令由弦感到不解。

由弦就讀的高中將在五月底舉辦學園祭。
按照慣例，每個班級都要準備節目。
不過多半是鬼屋、提供餐點、表演戲劇這三種。
由弦的班級決定提供餐點……也就是開設類似咖啡廳的店鋪。
「我問的是細節。要賣什麼、以什麼為主題……沒問題嗎？亞夜香同學說過她絕對會問你喔。」
恐怖的是，由弦班上的班長是亞夜香（順帶一提，副班長是宗一郎）。
「為什麼要問我……」
「你不是在餐廳打工嗎？她覺得應該能問到不錯的建議……」
「餐廳跟咖啡廳不太一樣吧……」
由弦忍不住苦笑起來。
說起來，由弦的工作只有在外場送餐。
餐點自不用說，對於店裡的裝潢，他應該也給不出什麼具備建設性的意見。
「算了，隨便想幾個意見吧。」
「你果然沒事先想好。不如說，你根本不知道這件事吧？」
「呃，因為我在睡覺……等我醒來時，大家就已經決定好了。」
由弦對學園祭不怎麼感興趣。

只要不是怪東西，賣什麼都行，可以的話最好輕鬆點……這就是他的想法。

「唉──隨便你，反正傷腦筋的人是你……」

「順便問一下，妳想到的主意是？」

「我會說『等決定好主題我再來想菜色』。」

「……太奸詐了吧？」

「並不奸詐。不決定好主題就沒辦法訂立菜單，這是當然的。」

確實如此。

由弦本想找個跟愛理沙類似的藉口……卻立刻放棄。

他不懂料理。

跟愛理沙不同，派不上用場……亞夜香八成不會接受這個理由。

「妳知道其他女生有什麼想法嗎？」

「天香同學想開恐怖咖啡廳……老實說，我希望不要。」

「經妳這麼一說，她當初超想辦鬼屋的……」

天香似乎仍未放棄。

「千春呢？」

「千春同學似乎想開泳裝咖啡廳。」

「慾望表露無遺……」

千春似乎無論如何都想看班上的女生穿泳裝。

儘管如此一來，自己也必須穿泳裝……千春應該明白這個道理。她的慾望就是強烈到讓她不惜這麼做。

身為男性的由弦自然舉雙手贊成……

他本想這麼說，然而最後決定反對。

豈能讓穿泳裝的愛理沙暴露在眾人的目光下？

「希望這個方案不要通過……大概不會就是了。」

「就算通過，校方也不會允許吧。」

這麼做可能會妨害風紀，校方不可能同意。

畢竟這好歹也是學校的活動。

「我順便問一下，對其他人提出各種要求的亞夜香又有什麼意見？」

「亞夜香同學想辦男裝女裝咖啡廳。」

「……」

「我覺得可行。」

由弦並不想。

他想看愛理沙穿男裝，卻不希望自己穿女裝。

因為他沒那個興趣。

見由弦的臉頰明顯在抽搐，愛理沙面露苦笑。

「你看起來好不甘願。」

「對啊……」

「不喜歡的話，要是不認真思考其他意見……小心會被採用喔？」

「……說得對。」

女生對於穿男裝應該不怎麼排斥。

而男生中應該也有少數不排斥穿女裝，甚至想穿穿看的人（主要是宗一郎等人）。

可能會有半數以上的人贊成。

表決通過的可能性相當高。

「嗯——不過……」

由弦想了一下，卻想不太到好主意。

若有時間認真思考也就罷了，要他馬上想出來實在不容易。

「那個，愛理沙。」

「請說。」

「……我想思考一下，可以幫我嗎？」

求求妳！

由弦對愛理沙合掌拜託她。

愛理沙輕聲嘆氣。

「真拿你沒辦法……」

「謝謝妳，愛理沙！」

「欠我一個人情喔？」

這麼說著的她微微一笑。

※

「『以前的咖啡廳』這個主題如何？」

「那是什麼？」

「呃，就是有傳統韻味的咖啡廳……」

「講得具體一點。」

「裝潢走古風路線之類的……」

「那是有辦法在學園祭做出來的東西嗎？具體而言，古風是怎樣的風格？再說，你懂傳統韻味是什麼嗎？」

班會時間。

聖遭到亞夜香激烈質問，顯得驚慌失措。

（用不著那麼咄咄逼人吧——）

由弦邊聽邊想。

然而，亞夜香說的確實有道理。

沒經歷過傳統時代的他們，不可能知道什麼是有傳統韻味的咖啡廳。

照理說，聖不會傻到不明白……他八成是隨便亂想的。

而亞夜香看穿了這點。

（……我也沒資格說人啦。）

等等說不定就輪到自己了。

「我看只能讓小聖聖穿女裝嘍——」

「等、等一下！給、給個機會吧！」

「那就要看由弦弦嘍。怎麼樣？你有女裝、男裝咖啡廳以外的主意嗎？」

亞夜香突然把話題丟給由弦。

沒有意見……講起來簡單，可是一旦這樣回答，有很高的機率會變成女裝、男裝咖啡廳。

由弦別無選擇。

「嗯——我是覺得女裝、男裝咖啡廳也不錯啦？」

聽見由弦這麼說……

聖露出「真不敢相信！」的表情。

在亞夜香旁邊記錄會議內容的宗一郎則點點頭，彷彿表示「你終於也想通了嗎」。

「所以？」

亞夜香催促由弦繼續說下去。

「不過……這個嘛，我個人認為女裝和男裝與咖啡廳的關聯性不大。」

「關聯性不大的意思是？」

「咖啡廳的重點是餐點吧？要是不跟餐點連結在一起……就沒有開咖啡廳的意義了，不是嗎？如果想穿女裝或男裝，演戲就行了。」

「哦——嗯，確實……然後呢？你有其他意見嗎？」

快說，別講那麼多開場白。

亞夜香一副不耐煩的樣子催促由弦。

……她似乎發現由弦起初對女裝和男裝表示贊成是裝出來的了。

「和風咖啡廳……如何？」

「喔……好普通。」

「沒必要走獨特路線吧。」

由弦平淡地陳述和風咖啡廳的優點。

首先是主題淺顯易懂。

容易決定裝潢、餐點的方向。

第二是比起洋風，和風的冰涼甜點種類比較多。

清涼的點心更受歡迎，例如水羊羹、水饅頭。

只要端出抹茶冰淇淋或抹茶刨冰，就能說那叫和風。

第三是服務生的服裝比較好決定。

穿上某種形式的日式服裝即可。

日式服裝只要去外面租借，就能省下一筆錢。

第四是大家普遍都喜歡。

至少比女裝和男裝的接受度高。

（還有服裝可以由我和千春搞定。）

由弦刻意沒有明言，在心中暗自說道。

他在家就是穿和服，所以高瀨川家整個家族都致力於維護那方面的文化資產。

上西家亦然。

不用說，亞夜香也知道。

「嗯……大概是這樣吧？」

由弦花了剛好三分鐘的時間發表提案，坐回座位上。

聽完由弦的意見……

「這樣啊……」

亞夜香用手抵著下巴，陷入沉思。

然後瞄了愛理沙一眼，露出笑容。

「還不賴。」

她望向宗一郎。

宗一郎已經把由弦提出的意見寫在黑板上。

之後雖然發生了千春提出「我想到了！和風泳裝咖啡廳怎麼樣？很涼喔！」這個愚蠢意見的意外……

總之由弦的意見經過多數決得到採用……

（很好，不用穿女裝了……）

他鬆了口氣。

※

放學後——

四名女高中生在提供和風甜點與刨冰的甜點店喝茶聊天。

四人吃著刨冰，有說有笑……

「所以，小愛理沙的意見占了幾成？」

其中，黑髮少女——橘亞夜香突然詢問愛理沙。

「……妳在說什麼？」

愛理沙的手因為緊張而晃了晃。

「我指的是由弦弦的提案。畢竟那個由弦弦不可能認真做準備嘛。」

「……他也有認真的時候吧？不覺得和風路線很符合高瀨川家的風格嗎？」

「或許吧。可是那個由弦弦……有辦法考慮到餐點和點心嗎？」

亞夜香的追究使愛理沙舉起雙手投降。

「……妳真不信任由弦同學。好吧，確實是我想的……大部分。」

事實上，愛理沙覺得開和風咖啡廳好像還不錯。

因此由弦來徵求她的意見，對她來說正好。

……她對於自己的表達能力，還沒有自信到覺得能親口發表。

「然而講稿……不如說演說內容，是由弦同學自己想的喔？」

「我想也是。」

亞夜香輕輕聳了聳肩膀。

見狀，愛理沙反問她。

「話說回來……亞夜香同學，妳是認真想開男裝、女裝咖啡廳的嗎？」

「……什麼意思？」

「如果妳是認真的，應該會跟由弦同學多辯論幾句才對吧。」

令人驚訝的是，亞夜香並未反駁由弦的意見，或是挑他毛病。

反而看似在由弦提出意見後，撤回自己的主張。

「哎，一半一半吧。」

「一半一半？」

「我想說要是有人提出正常的意見，也是可以採用……不過正常的意見就只有由弦弦那一個嘍？」

亞夜香邊說邊望向天香及千春。

兩人面露不悅。

「恐怖咖啡廳有什麼不好？我覺得血池刨冰很棒。」

「泳裝很有夏天的氣氛耶！」

「其他人的意見都是這種東西。小聖聖的則是沒有最關鍵的內容……」

亞夜香嘆著氣聳肩。

「一開始由妳提出正常的意見不就得了？」

「萬一真的通過，會顯得我很像獨裁者，不是嗎？」

亞夜香是班長。

她的職責是以司儀的身分統整同學的意見，不是要大家採用自己的意見。

「所以我才走這種胡鬧路線。哎呀——沒想到大家都在胡鬧。」

「對呀。泳裝真的不行。」

「沒錯。恐怖咖啡廳會把小孩嚇哭的。」

天香和千春互相瞪視。

「當然……我覺得讓小愛理沙穿執事服，由弦弦穿女僕裝很有趣也是事實啦……。」

「由弦同學穿女僕裝嗎——」

有點想看。

愛理沙如此心想，有些後悔幫由弦出主意。

「啊——泳裝……好想看泳裝。亞夜香同學、愛理沙同學和天香同學的……」

「我說妳啊……妳知道要是出了什麼意外，自己的意見獲得採用，妳也得穿泳裝嗎？」

天香傻眼地詢問忘不了泳裝的千春。

對她來說，在室內穿泳裝，還會被不特定多數人看見，根本無法接受。

「那當然。只有做好自己也會被看的覺悟，才能看別人的泳裝。」

「……妳是暴露狂嗎？」

「拜託不要那麼認真地受到驚嚇……我也是亂提議的喔？」

千春像是要找台階下似的改口說道。

她好歹也是良家子女。

懂得最基本的分寸……但願如此。

「小千春，妳想看泳裝的話，夏天我可以穿給妳看喔。」

「真的嗎？」

「嗯嗯……小愛理沙和小天香也是，一起去海邊玩吧！放心，我心中不帶一絲邪念！」

「我也沒有！一起去吧！」

愛理沙和天香曖昧地點點頭，沒有正面回答怎麼聽都充滿邪念的亞夜香和千春的發言。

她們表示有空就會去。

「唉，真不積極……宗一郎同學、由弦同學和聖同學大概都會來喔？」

「唔……我可不想被排擠……」

聽見千春這句話，天香好像有點動搖。

至於愛理沙……

「……請不要擅自約別人的未婚夫。」

她悶悶不樂地說。

千春愉快地笑著。

「啊，這個讚！嫉妒的愛理沙同學！好可愛！」

「唉，真是的……」

愛理沙忍不住嘆氣。

她覺得產生了一點嫉妒心的自己很可笑。

「……對了，有件事我想確認一下。」

「……唔，什麼事？」

「聽說千春同學以前是由弦同學的未婚妻人選……」

愛理沙當然知道千春對由弦一點意思都沒有。

不過……

她多少有種「為什麼要瞞著我？」的心情。

為了除去內心的疙瘩，愛理沙決定直接詢問千春……

「…………什麼東西？」

當事人卻回以納悶的表情。

她用手托著下巴，歪過頭。

「我和由弦同學嗎……？嗯、嗯……」

「啊，小千春，大概是那個啦。妳的阿姨去美國前……」

「……啊！原來如此！我想起來了。的確聽說過有這麼回事。」

千春兩手輕輕一拍。

然後像是在辯解般，對瞇眼盯著自己的愛理沙說明。

「哎、哎呀……是真的喔？不如說疑似在計畫階段就告吹了。沒有未婚妻人選那麼誇張。」

「哦——是嗎……由弦同學確實也是這樣說的。」

只是忘記了。

愛理沙選擇相信千春給的理由。

因為她隱約覺得，千春真的有可能忘記。

「對了……那個計畫為什麼告吹了？」

天香在這時好奇地詢問。

千春聳著肩膀回答：

「上任當家……我的阿姨被美國人追走，跑去美國了。所以繼承權就落到我媽頭上，搞得連我都不能嫁人。」

「那……要是沒有那個美國人會怎麼樣？」

「哎呀，無論如何都不可能啦。我的祖母好像到現在都還討厭高瀨川家。高瀨川家的爺爺好像也討厭我們吧？」

各方面來說都太急了。

千春下了結論。

然後望向愛理沙。

「啊──不過……我並不討厭高瀨川家喔。搞不好有可能。」

「……什麼意思?」

就那麼一點。

愛理沙稍微提高戒心……

千春笑著對她說:

「就是指我和由弦同學的小孩。」

「……即使是開玩笑,也可以請妳不要講這種話嗎?」

「咦,有必要氣成這樣……?」

愛理沙認真燃起怒火,千春一臉困惑。

亞夜香有點驚慌地插嘴說道:

「小、小千春!妳那樣講,聽起來會像是指由弦弦跟妳一起生的小孩啦!」

「咦?啊、啊!不好意思,失禮了。是我用詞不夠精確。」

「……?」

看來千春想表達的意思,跟愛理沙理解的內容有些出入。

千春不停對感到疑惑的愛理沙低頭。

「呃,對不起。我那樣講的確不太好,妳會生氣很正常。我指的是……我和妳的小孩。」

「……兩個女孩子生不出小孩吧？」

愛理沙臉上浮現警戒與困惑的情緒。

千春要搶走由弦固然令人不悅，愛理沙卻也不希望她的慾望轉移到自己身上。

「哪有，只要利用最近的科學技術……不對，我不是那個意思。」

千春清了清嗓子。

「啊——我的意思是，讓由弦同學跟妳的小孩，和我的小孩結婚，好像滿有可能實現的。」

妳想想看，到那時候——

我們的祖父母都上天國了嘛？反對的人也會變少吧？

千春如是說。

至於愛理沙……

「我、我跟由、由弦同學的小、小孩！這、這……！」

她滿臉通紅，僵在原地。

然後用力搖了好幾下頭。

「不、不行……不可以！這種事！我們還是高中生……太、太不純潔了！」

愛理沙害羞得不得了……

而亞夜香和千春則是面面相覷，露出奸笑。

「哎呀——難說喔？由弦弦他……」

「搞不好在偷偷做準備？」

「不、不行……那、那種事得按照步驟慢慢來……」

「步驟？……妳想的步驟是？」

「妳希望他對妳做什麼？」

兩人開始玩弄愛理沙。

愛理沙驚慌失措。

天香對她們三個嘆了口氣。

「……別在店裡講這些啦。」

※

過了幾天，放學後——

宗一郎對正在釘木頭的由弦說：

「你之前明明嫌麻煩，結果還是做得很認真嘛。」

他面帶壞笑，彷彿暗指由弦真是一點也不坦率。

由弦輕輕聳肩。

「我嫌麻煩的，是學園祭這個活動。」

「唔，意思是？」

「我只是討厭被逼著穿上奇怪的服裝接待客人，或是被逼著演戲。」

「準備工作就不會太討厭嗎？」

「因為不用動腦呀。」

由弦邊說邊敲打釘子。

看見釘子慢慢釘進木頭，感覺挺爽快的。

「你嘴上這麼說……其實稍微找到樂趣了吧？」

「……哎，我不否認。」

學園祭這個活動，準備工作比活動本身有趣得多。

恐怕大多數的學生都這麼覺得。

由弦不知道自己稱不稱得上普通的學生——有未婚妻的高中生或許並不普通——但他自認這方面的感受性比較接近一般人。

因此，雖然不到傾注心力的地步，但由弦也為準備工作做了不少貢獻。

「你才是。要不要幫忙做點事？」

「我是班級幹部耶。監視你們有沒有偷懶就是我的任務。」

「……你只是嫌麻煩吧？」

「我不否認。」

宗一郎邊說邊坐到由弦身旁。

然後隨便拿起一個工具。

……只是拿著而已。

他在假裝工作。

這時，由弦剛好做完手邊的工作。

「你跟愛理沙同學最近怎麼樣？」

「……什麼怎麼樣？」

「進展到哪裡了？」

「……親吻。」

「嘴巴嗎？」

「……對。」

聽見由弦的回答，宗一郎滿意地點頭。

「進展得挺順利的嘛。」

「……少擺出那種高高在上的態度，看了就不爽。」

「可是某方面也多虧有我的建議吧？」

「……確實不是完全沒派上用場。」

由弦和愛理沙接吻，是在溫泉旅行的時候。

在那之前得到宗一郎他們的建議，多少推了他一把。

不過這功勞可沒大到能讓他挺起胸膛說「多虧有我在」吧……

由弦邊想邊拿起水壺……

「接下來就是舌吻嘍。」

「咳咳！」

宗一郎突如其來的一句話，害由弦不小心把水噴出來。

「怎麼突然講這個……」

「不突然吧。輕吻做過了，接下來就輪到舌吻……還是你們已經親過了？」

「怎麼可能！」

由弦用力搖頭。

他們不會舌吻……簡單地說就是把舌頭伸進嘴裡。再說，兩人之間也沒有能做出那種行為的氣氛。

「說起來……有必要做到那個地步嗎？」

牽手。

接吻。

就戀人確認愛意的身體接觸行為而言，由弦也感覺得到其必要性。

但舌吻的話……總覺得不會只停留在身體接觸的程度。

由弦將它定義成邁入「下一個階段」的前一個步驟。

而他認為這對他們來說實在太早了。

「怎麼？你不想做嗎？」

「沒、沒有……不是不想……」

「既然你想做，就有付諸實行的意義了吧。」

由弦和愛理沙是戀人，是婚約對象，是將來的伴侶。

雖說身為伴侶，不代表什麼都能做，對親近之人也要遵守禮節……

不過太過客套、顧慮太多也不好。

至少如果其中一方有那個意願，就該傳達給另一方。

宗一郎如是說。

「可是……該怎麼進展到那一步？」

「什麼意思？」

「呃……這種事不是跟對方說『我們來舌吻』就能起頭的吧。」

說實話，由弦根本無法想像自己與愛理沙舌吻的場面。

嚴格來說，是他無法想像她會配合。

儘管現在稍微習慣了些，但愛理沙光是嘴唇輕觸就會害羞。

由弦心想，突然做那種事，她會不會害羞致死啊？

「看氣氛嘍。」

「氣氛……」

「如果當下是色色的氣氛，就能成功。」

「……只要提出要求，對方就會答應的意思？」

可以伸舌頭嗎？

這句話閃過由弦的腦海。

「你白痴喔？」

聽見由弦這麼說，宗一郎一臉無奈。

「講出來很掃興耶，再熱戀的情侶都會冷掉。」

「是、是嗎……？但一句話都不講就這麼做，她會不會生氣？」

「要看準對方不會生氣的時機。」

「原、原來如此……？」

這麼說來，愛理沙也有心情好或心情不好的差別。有會被他牽著鼻子走的時候，也有不會被他牽著鼻子走的時候。

宗一郎指的大概是那種「時機」。

倒也不是不能理解。

……先不論他能否判斷那個時機。

正值兩人聊天之際……

「高瀨川同學、佐竹同學……可以請你們幫個忙嗎？」

有人來跟他們攀談。

轉頭一看……是班上的女同學。

儘管若與愛理沙那樣的女生相比，對方無論如何都會相形見絀……

不過這女生算是挺可愛的。

「我想搬木頭……可是有點重。」

由弦和宗一郎相互對視……

「「當然沒問題！」」

同時點頭。

※

叩叩、叩叩……

「謝謝你們！」

「不好意思，還麻煩你們幫忙。」

叩叩、叩叩！

「不會，別客氣。」

「我們來搬也比較有效率。」

咚！

「那個……愛理沙同學，妳太用力了……」

見愛理沙使勁拿鐵鎚釘著釘子，千春叮嚀了一句。

「啊，對不起。」

愛理沙向她道歉，繼續釘釘子。然而……

「對了，高瀨川同學，聽說你在餐廳打工？」

「對啊。」

「那表示你很擅長接待客人嘍！可以拜託你傳授一下技巧嗎？」

「嗯，如果在我能教的範圍內……」

愛理沙的手自然而然地加重力道。

千春嘆了口氣，一副看不下去的樣子。

「愛理沙同學……妳這樣很危險。請在吃醋和工作之間選一個。」

「吃、吃醋……妳、妳在說什麼呀？」

愛理沙的聲音因動搖而顫抖。

沒錯，她在吃醋。
她非常在意由弦跟班上女生的對話內容。
「男生就是那種生物喔？放在心上就輸了。」
「……」
愛理沙不禁皺眉。
由弦被歸類在「那種生物」當中，讓她略感不快。
然而他跟其他女生聊得有說有笑依舊是事實。
「站在客觀角度來看，妳的長相、胸部、臀部都在對方之上，不用擔心。」
「請不要講得像我只有外表比得過人一樣……還有，我並不是在擔心。」
愛理沙想都沒想過由弦會被班上的女生搶走。
當然，不能說她完全不擔心這種事……
可是她並不覺得班上有足以構成威脅的人。
「那妳幹嘛那麼在意？」
「……只是心裡悶悶的而已。」
「嗯？悶悶的嗎？」
「該怎麼說呢？只不過是被誇一下、被捧一下，就開心成那樣……」
愛理沙咕噥著說。

想不到適合的形容詞，讓她支支吾吾的……

「喔……意思是妳在生氣嘍？」

千春說中了。

沒錯，愛理沙心中浮現的情緒，是憤怒。

她卻無法承認。

「沒有呀……我再怎麼說都不會為這點小事生氣……」

由弦沒有劈腿，什麼錯都沒犯。

僅僅是幫了女生一點小忙，順便跟對方聊天。

人家有事請他幫忙，總不能拒絕，況且還是同班同學，自然會聊個幾句。

絕對不奇怪。

因為這點小事挑他毛病，是自己心胸狹窄的證明。

愛理沙很難承認。

「但妳很煩躁，對吧？」

「……唔唔。」

然而實際上，愛理沙「悶悶的」的原因，正是源自對由弦的怒火。

（要幫忙的話，幹嘛不來幫我？再說，竟然在會被我聽見的距離跟其他女生聊得那麼高興……是覺得被我懷疑也無所謂嗎？還是根本不打算顧慮我的感受？……這種程度確實稱不上花心，不過他大可擔心一下我會懷疑他花心吧……）

又不會遭天譴。

她愈想愈對由弦有意見。

愛理沙輕聲嘆息。

「我……嫉妒心是不是很重呀？」

「嗯——不知道耶？不過這也是妳人格的一部分吧？」

「是沒錯……但如果能改善，最好改掉吧……」

「即使想改掉，人類的本性也沒那麼好改。或許忍得住就是了。」

千春聳聳肩膀。

她認為忍耐對身心會造成不良影響。

「那……我該怎麼辦？」

「老實告訴他不就得了？」

「……我為這點小事生氣，不會被討厭嗎？」

由弦又沒有劈腿或做錯其他事。

只是在跟其他女生說話。

沒有半點過失。

莫名其妙挨罵，由弦自然也會生氣。

「也是啦。如果妳對他發火，八成會留下不好的回憶。」

「那……」

「重點在於表達方式、用字遣詞。必須在不生氣的情況下告訴他妳在生氣。」

「……原來如此。」

在不生氣的情況下表示自己在生氣。

看似矛盾，愛理沙卻覺得自己可以理解千春的意思。

「剩下的就是要可愛一點，讓對方對妳有正面的評價。」

「這……要怎麼做？」

「這該由妳自己想吧？」

這麼說著的千春笑了笑。

「因為，最清楚由弦同學喜歡妳哪個部分的……不正是妳自己嗎？」

※

由弦悠閒地工作著，一面跟同學聊天，不知不覺便到了班會時間。

等等放學後，要去參加社團活動、留下來做學園祭的準備工作還是回家，都是個人自由。

「高瀨川同學放學後有什麼安排？」

班上的女生問他。

由弦想了一下。

他原本就沒打算多認真地參與學園祭，因此放學後的計畫是直接回家。

不過現在他覺得再投入一點也無妨。

幸好今天也沒有排打工。

「我想想看喔……」

我會再留一下。

由弦正準備回答……就在此時——

「由弦同學。」

有人呼喚他。

轉頭一看，只見亞麻色頭髮的美少女——愛理沙站在眼前。

「今天放學後……我打算想一下咖啡廳的菜單，可以請你陪我嗎？」

簡單來說就是要人幫忙試吃吧。

由弦如此判斷，點了點頭。

「好啊，知道了……我今天會馬上離開。」

「這樣呀。」

聽見由弦的回答，那名女學生點頭表示理解，轉身離去。

……直到最後，由弦都沒發現她跟愛理沙四目相交了。

班會結束後——

「那我們走吧，由弦同學。」

「嗯。」

由弦和愛理沙一同離開學校。

過了一會兒，她主動握緊由弦的手。

「所以……我們要去研究學園祭的菜單，對吧？等等要做什麼？」

由弦開口詢問。經過片刻的沉默，愛理沙搖搖頭。

「……那是騙人的。」

騙人的是什麼意思？

由弦下意識歪過頭，正想詢問理由……

突然壓在上臂的柔軟觸感，令這個疑惑煙消雲散。

「……那個……愛理沙？」

「怎麼了？由弦同學。」

愛理沙抱著由弦的手臂回問。

將愛理沙的襯衫撐成兩座高山的雙峰，緊貼在由弦的手臂上。
每走一步，細微的震動、柔軟的觸感，以及淡淡的體溫都會傳達過來。
「呃……碰到了。」
「……什麼東西？」
「那個……胸部。」
現在穿的是夏季制服，因此胸部的觸感有點鮮明。
「……如果我說是故意的，你會怎麼辦？」
愛理沙抬頭望著由弦的臉。
臉頰染上淡粉色。
她顯然在害羞。
不過……
（……咦？她該不會在生氣吧？）
雖然沒有根據，由弦卻從愛理沙身上感覺到這樣的氛圍。
「……由弦同學，今天我有點寂寞。」
「……寂寞？」
「因為你都沒跟我說話。」
「呃……是嗎？」

由弦下意識歪過頭。

今天，他和愛理沙是一起上學的。

儘管中午他確實是跟宗一郎和聖他們吃，沒有和愛理沙共進午餐。

但下課時間他們會閒聊幾句。

至少不至於沒跟她說話。

一如往常。

……總不能在學校公然放閃嘛。

「……我說的是準備工作的時間。」

愛理沙的表情有些悶悶不樂。

原來如此。由弦點點頭。

為學園祭做準備的時候，他主要是跟宗一郎和聖聊天，的確沒和愛理沙說上幾句話。

可是，由弦感到疑惑。

愛理沙會因為這點小事生氣嗎？

假如連跟宗一郎他們聊天都不行，便等於二十四小時都得和愛理沙聊天。

愛理沙也有由弦以外的人際關係要經營……

很難想像她會因為這個理由不開心。

思及此處，由弦終於想到一個可能性。

（……難道是因為我跟其他女生聊天？）

不如說是不和愛理沙一起工作，還跑去跟其他女生聊天、幫人家忙……愛理沙不開心的原因或許就在這裡。

此外，那個女生問他今天放學後會不會留在學校之際，由弦打算留下，說不定也惹她不開心了。

由弦單純是想針對要不要留下一事回答對方……

不過換個角度……的確也可以看成有女孩子約他，而他答應了。

也就是吃醋。

「啊……抱歉，愛理沙。」

由弦老實地道歉。

何必為這點小事不開心——他並非沒有產生這種想法，然而反駁也沒意義。

……況且試圖掩飾真心話，嫉妒心卻若隱若現的愛理沙也挺可愛的。

「……不必道歉。可是，請你補償我。」

「那學園祭那天……我們去約會吧。」

愛理沙輕輕點頭，同意由弦的建議。

「約好嘍？」

「嗯……約好了。」

兩人恩愛地踏上歸途。

「……話說回來，愛理沙，差不多可以放開我了吧？」

「不行。」

「這樣很難走路……那個……我也很難熬。」

「……這是懲罰，請忍耐。」

另外，她似乎並未原諒由弦。

※

學園祭當天——

由弦換好衣服，來到當成咖啡廳店面的教室。

「哦——不愧是平常就穿和服的人，真適合。」

聖表示感嘆。

由弦穿的是從家裡拿來的男性和服。

並非居家服，卻也不是正裝。

介於兩者之間……要說的話，是前往有些正式的餐廳或劇院時會穿的和服。

「你也很適合穿和服喔。」
不只由弦，聖也穿著和服。
他好像也是穿自己的衣服，而非借來的。
「是嗎？」
「嗯，感覺很像砍人鬼。」
「小心我砍了你。」
由弦和聖互相開著玩笑。這時……
「……對不起，有點遲到了。」
「穿起來比想像中還費事……」
兩名少女的聲音傳入耳中。
是天香和愛理沙。
「我不太常穿浴衣……花了點時間。」
天香害臊地搔著臉頰說道。
她穿著紫陽花圖案的浴衣。
至於愛理沙……
「我第一次穿這種衣服……你覺得如何？」
她穿著女性穿的袴裝。

看起來像是大正時代的女學生。

在正統和服上融合了西式風格，佐以可愛的緞帶及荷葉邊作為裝飾。

美麗的金髮用紅色緞帶綁得整整齊齊。

「很適合妳，非常可愛。」

「是、是嗎？那就好。」

愛理沙露出既嬌羞又高興的笑容。

「大家穿起來都好好看。」

「哎呀——小愛理沙跟小天香也很讚呢。」

「指名費多少？」

看見四人的和服，宗一郎、亞夜香、千春滿意地點頭。

另外，他們三個穿的並非和服，而是制服。

然而絕對不是因為他們不參加學園祭。

單純是排班時段的緣故。

由弦他們四人跟宗一郎等三人工作的時間不同。

畢竟一直工作的話會沒時間逛學園祭，再說工作也沒多到要派出全班人馬的地步，教室沒那麼大。

「那我們去其他班級逛逛……晚點回來。別偷懶喔？特別是由弦弦和小聖聖。」

「好好好。」

亞夜香他們離開教室，留下由弦他們四個。

「工作要怎麼分配？」

「兩個人接客，另外兩個去外面拉客就行了吧？」

天香回答了愛理沙的疑問。

現在還是上午，人並沒有多到哪去。

「那我去拉客好了。」

「怎麼？你不是負責接客的嗎？這是你的專長吧？」

「機會難得，總會想做點跟平常不一樣的事吧？」

他平常打工就在接客了。

然而，做同樣的事並不有趣。

不如說會有種平常的「工作感」，無法盡情享受學園祭。

「那我跟由弦同學一起去拉客……必須有人盯著他才行。」

「我不會偷懶啦……」

由弦反射性地搔了搔臉頰。

看來愛理沙不怎麼信任他。

「那我們就負責接客嘍。」

「是可以，反正我沒差……但等等要交換喔？我也想接客看看。」
就這樣，四人的工作分配完畢。
剛開始，校外人士果然不多，校內的學生占多數。
「對了，要怎麼拉客呀？」
「大聲宣傳『歡迎來咖啡廳坐坐！』就行了吧？」
「這樣就會有客人光顧？……我聲音不大耶。」
愛理沙瞥了隔壁班一眼。
隔壁班已經開始拉客了。
只見兩位男生在大聲宣傳。
這樣愛理沙的聲音搞不好會被蓋過去……
然而……
「放心，因為妳很可愛。」
只有音量可取的男生和可愛的女生。
看到誰在招客會想上門光顧？要是由弦就會選擇後者。
「可、可愛？哪有……」
愛理沙害羞地摀住臉。
「或是直接跟客人搭話……啊，時機正好。」

這時，由弦發現疑似學妹的三名女學生正在偷看班上的招牌。

代表她們有興趣。

「三位小姐。」

由弦笑著走向三人。

三人略顯驚訝地面面相覷。

「叫我們嗎？」

「沒錯沒錯……怎麼樣？要不要進來喝杯茶？」

「咦——可是我還想逛其他地方……」

「而且我才剛吃過早餐……」

「我們有賣刨冰之類的小點心，不會太飽。店裡還有很多種類的茶……」

由弦向三人介紹班上咖啡廳的賣點。

大概有一半是信口開河的就是了。

「嗯——既然你這麼說……」

「走吧。」

「三位！」

由弦成功拉到客人，三人決定上門光顧。

「三位客人！」

家。

由弦大聲吆喝。

在通知聖和天香的同時，也能向其他人宣傳這家店馬上就有客人了——亦即受歡迎的店家。

「好，很順利。就像這樣直接拉客……愛理沙？」

由弦不禁歪過頭。

因為愛理沙不知為何板著一張臉。

看起來悶悶不樂。

有客人上門，照理說她應該也會高興才對。更重要的是，由弦想讓她看到自己能幹的一面……也就是「展現長處」，所以愛理沙的反應令他有點意外。

（她剛剛心情還很好啊……）

「那個……愛理沙？」

「我不要理你了！」

愛理沙鼓起臉頰鬧著脾氣，別過頭。

由弦忍不住苦笑。

他輕戳愛理沙的臉頰。

「欸……不、不要這樣。」

「對不起，愛理沙。」

「……為什麼要道歉？」

「妳比她們可愛得多嘍。」

「……講這種話太犯規了。」

愛理沙瞪向由弦。

臉卻紅得跟熟透的番茄一樣。

※

「我們差不多該跟他們交換了吧？」

愛理沙將認真拉客的由弦拖進店裡……

（唔唔唔……）

此時的她表情有點不悅。

理由是……

「這位客人，您點的是——和——對吧？」

「嗯，謝謝你。」

由弦正在接待女性客人。

……當然，這家咖啡廳並未禁止女性進入。

接待女性可說是再正常不過的事。

因此愛理沙並不覺得這個行為有什麼問題。

她不高興的是……

「是說高瀨川同學……你果然很擅長接待客人呢！」

「只是做習慣了。」

那位女性客人——嚴格來說是班上的女生——對由弦異常親切。由弦也被她誇得很高興（的樣子）。

（明明是同班同學……有必要特地以客人的身分來嗎？）

大可去逛其他班級開的店。

她卻特地抓準由弦接客的時間上門消費。

……愛理沙感覺到明確的意圖。

毫無根據。

這是所謂女性的直覺。

（由弦同學也真是的……幹嘛不隨便打發人家啊！）

在愛理沙眼中，由弦看起來像是被女生捧得高高的……心花怒放。

為了捍衛由弦的名譽，在此說明他絕對沒有心花怒放。

僅僅是極其正常地……以紳士的態度接待她。

（當時送由弦同學情人節巧克力的人，難道就是……）

正值愛理沙心裡燃起妒火之際……

「嘿嘿嘿，由弦弦和小愛理沙！客人上門嘍！」

「客人就是神！給我好好接客！」

「唔……看來你們有在認真工作嘛。不錯不錯。」

理應在外面逛攤的三人——亞夜香、千春、宗一郎回來了。

似乎是來納涼的。

三人坐到位子上，呼喚由弦。

「三份抹茶刨冰……要懷著愛情製作喔？」

「茶我要熱的。」

「朋友能不能打個折？」

「怎麼可能？白痴啊。」

由弦對三人回以尖銳的話語，走向廚房。

過沒多久，刨冰和熱茶準備好了。

愛理沙將餐點端到三人面前。

「請用刨冰和熱茶。」

「謝謝！……對了，跟由弦弦一起工作感覺如何？」

亞夜香奸笑著說。

平常的愛理沙八成會覺得害羞難為情。

事實上，亞夜香就是期待看到這個反應才這麼問。

不過……

「彼此都很忙，能說話的時間比想像中還少……特別是由弦同學。」

愛理沙語氣冷淡……望向由弦。

由弦正在接待外校的女學生——應該是附近的女子高中生。

「因為由弦同學挺受歡迎的嘛。」

「他在打工的餐廳好像也很受歡迎。」

千春和宗一郎苦笑著說。

對三人而言，由弦在接客方面容易吸引人——尤其是女性——並不值得驚訝。

「放心啦，小愛理沙，那只是應對外人的模式。」

亞夜香看著笑容滿面的由弦，鼓勵愛理沙。

愛理沙輕輕點頭。

「我知道。」

即使是心情好的時候，由弦也不會笑得那麼燦爛。

她很清楚由弦臉上的笑容是表面工夫，接待客人用的。

「可是……該怎麼說呢？即使是裝出來的，看到他在我面前跟其他女生聊得那麼開心……」

實在壓抑不住煩悶的心情。

就算他要對別人那麼好，也希望他能對自己感到愧疚。

「照妳這個說法，我們是不是也不該跟他走那麼近……」

「咦？妳其實會不高興？」

「怎麼會！朋友不算。不過……」

愛理沙偷瞄了那位班上的女同學一眼。

她跟社團的朋友、學妹、學姊同桌。

不時會親暱地和由弦攀談。

「啊……原來如此。」

「不予置評。」

亞夜香和千春露出苦笑，沒有把話講清楚。

因為她們感覺到不只是開玩笑的戰爭（戀愛）氣息。

「先不管是好是壞……那傢伙膽子可能大起來了。」

宗一郎喃喃說道。

「……什麼意思？」

愛理沙對那句話有了反應。

宗一郎瞥向由弦，確認他在接待客人後，小聲將自己的想法告訴愛理沙。

「也就是有了身為男人的自信。愛理沙同學不會因為一點小事離開自己……他大概是這樣想的吧？」

搞不好是跟妳相處過後，習慣應付女人了——

宗一郎補充道。

「唔唔……事態非同小可。」

愛理沙忍不住皺眉。

亞夜香問她：

「那個……小愛理沙會感到不安嗎？」

「不會。」

她立刻回答。

「我不可能輸給那女孩。」

跟由弦有自信愛理沙不會離開他一樣，愛理沙也有自信由弦同學不會離開她。

她不會擔心由弦劈腿，或是有更喜歡的女孩。

關於這方面，愛理沙相信由弦，同時也相信自己的魅力。

……不過，她當然不會因此就不吃醋。

「但我希望……由弦同學對我更加著迷。」

可以的話，希望他只看著自己一個人。

愛理沙是這麼想的。

「……有沒有什麼好辦法，可以讓他重新意識到我的魅力？」

她詢問三人。

三人看著彼此……揚起嘴角。

「哎呀……其實是有的。」

「我們剛好在想，希望妳務必參加。」

「愛理沙同學夠那個資格。」

「咦，真的嗎？請告訴我！我什麼都願意做！」

愛理沙激動地用力點頭。

……就這樣被他們三個騙上賊船。

※

開始工作後，正好過了一小時。

由弦他們將工作交接給來換班的其他同學後，下了班。

他脫下和服，換上制服，跟愛理沙搭話。

「反正我們也下班了……要不要去別班逛逛？」

由弦向愛理沙提議，打算履行之前跟她的約定。

愛理沙卻笑了笑……

搖頭拒絕。

「對不起，其實我等等有其他行程……」

「……行程？」

由弦下意識歪過頭。

的確，學園祭的時候，除了各個班級，社團及同好會也會準備自己的活動。

所以有社團的工作要做，而非只有班上的工作……並不奇怪。

然而就由弦所知，愛理沙並未參加社團或同好會。

理應不會有其他行程。

「該怎麼說……類似要去幫忙吧。」

「噢，原來如此。」

人手不足，拜託妳來支援。

有人臨時生病，請妳來代班一下。

由弦擅自揣測愛理沙應該是接獲了這樣的委託。

「所以……可以等下午再約會嗎？」

「嗯，知道了。可以啊。」

他們的確有說好要約會沒錯，卻沒決定要在什麼時候做什麼事。

即使下午再開始，約會時間也很充裕，由弦沒有意見。

「順便問一下……妳要去幹嘛？」

如果愛理沙要做什麼，就去看看吧。

由弦懷著這樣的意圖詢問愛理沙……

「祕密。」

她豎起食指抵在唇上，如此回答。

「別這樣……告訴我嘛。」

「不行。不過……我想想看。請在十一點左右來體育館，屆時你應該就會知道了。」

在體育館舉辦的活動，主要是演戲和管樂社的演奏會。

意即愛理沙的工作也跟那有關。

「十一點到體育館？」（可是，十一點是午休時間……行程表上什麼都沒寫啊……）

由弦感到疑惑。

但十一點到那邊去，便能解開這個疑惑。

「好，我會期待的。」

「……絕對要來喔？」

兩人在交談過後便分頭行動。

過了一陣子……

由弦依約在十一點抵達體育館。

管樂社的演奏會剛結束。

「由弦，你終於來了。」

宗一郎出來迎接他。

「什麼叫終於……難道你知道愛理沙要做什麼嗎？」

「對啊。」

宗一郎臉上浮現壞笑。

由弦不禁皺起眉頭。

身為未婚夫的自己不知道，宗一郎卻知道。

她瞞著自己，卻跟宗一郎說了。

……由弦對愛理沙產生了一絲煩悶的心情。

「唉唷，別露出那種表情嘛……我占了最前面的位子。跟我來。」

「……知道了。」

他按照宗一郎所言，走向體育館的舞台。

第一排的座位。

聖和天香已經坐在那裡。

「……聖，你該不會也知道吧？」

「不，我也不知情……只是宗一郎說可以看到有趣的東西，我才過來的。」

聖搖頭回答由弦。

由弦鬆了口氣。

他接著望向天香。

「我倒是知道喔。因為亞夜香同學他們有邀請我，但我拒絕了。」

看來等等要舉辦的活動，是亞夜香他們策劃的。

由弦從「他們」兩字推測，八成是宗一郎、亞夜香、千春三人主導的。

「……不能告訴我嗎？」

「愛理沙同學叫我保密。」

快開始了，再等一下。

由弦聽她的話坐到空位上，仰望舞台。

不久後……

「大家——先不要離開！」

「看這邊——！」

宏亮的聲音自舞台傳遍四周。

兩位旗袍美少女現身於舞台上。

是亞夜香跟千春。

舞台的背景映出兩人的笑容。

然後……

「雖然現在本來是午休時間……」

「不過！不是突襲演唱會，而是突襲選美比賽即將揭開序幕！」

她們大聲宣告。

「請每位參賽者輪流上台自我介紹！」

「在短時間內宣傳自己！」

兩人開始在台上說明規則。

由弦心不在焉地聽著，詢問宗一郎。

「選美比賽……學校允許嗎？」

想辦選美比賽！

由弦知道亞夜香和千春直接去找老師談判過。

然而沒記錯的話，校方並未允許。

給人的觀感不好。

出於這樣的（正當）理由。

校方認為於好於壞，替外表評分在教育上會造成不良影響。

難道她們徵得許可了？面對由弦的問題……

「要是這樣就不會搞突襲了吧。」

宗一郎乾脆地否認。

「……喂喂喂，沒問題嗎？」

「那只是亞夜香和千春獨斷舉辦的節目，休息時間在舞台上鬧著玩罷了，所以沒有問題。」

怎麼看都有問題吧？

由弦如此心想，選美比賽卻在亞夜香她們的主導下擅自進行著。

「那麼……在老師過來前搞定吧！」

「參賽選手一號！三年二班的……」

穿旗袍的女學生一個個從後台走出。

一有參賽者登場，台下都會響起歡呼聲。

不愧是來參加選美比賽的人，大家都是可愛的女孩。

再加上旗袍這種罕見的性感服裝，比賽可謂盛況空前。

由弦卻面帶苦笑，與體育館狂熱的氣氛形成反差。

「司儀最引人注目是怎樣？」

旗袍會清楚勾勒出身體曲線，還會強調兩腿的長度。

也就是說，纖細又身材好的長腿女性穿起來最好看。

……怎麼說都稱不上適合日本人。

每個人都有種「被衣服牽著走」的感覺。

到頭來，能夠駕馭旗袍的只有外表和身材與日本人有所差異的兩位司儀——亞夜香及千春。

「我也希望那兩個人參加……但她們說：『自己參加自己辦的比賽，萬一奪得了優勝，感覺不是很差嗎？』」

「真是自戀的傢伙……我無法反駁就是了。」

事實上，若要問他會把票投給這之中的哪一個人，由弦會在亞夜香和千春裡面挑。

兩人的魅力遠遠勝過其他人。

「是說她們既然也知道，幹嘛不穿得樸素一點？」

「我也有同樣的疑惑……可是她們很想穿的樣子……那兩人其實是想參賽的吧。」

由弦和宗一郎聊著聊著……

聖和天香同時驚呼。

「啊！那個女生……是我們班的。她竟然會參加這種比賽……真意外。」

「沒什麼好意外的。別看她那樣，她其實很喜歡受到矚目。」

由弦再度望向台上。

確實，跟他們同班的女生站在那裡。

是最近頻繁找由弦聊天的女生。

由弦擅自認為她是清純系的女生，因此有些意外她會參加這種活動。

不知不覺間，介紹完十九位參賽選手了。

最後出場的是……

「那麼……參賽選手二十號！」

「請上台！」

是一名有著亞麻色頭髮及驚人美貌的少女。

曼妙的身體曲線在旗袍的襯托下清楚浮現，雪白的長腿藉由開衩和高跟鞋凸顯而出。

她帶著信心十足的表情走上台……

「我是參賽選手二十號，雪城愛理沙。懇請惠賜一票。」

她簡短報上名字。

彷彿表示這麼一句話便足矣。

體育館被歡呼聲淹沒。

※

「投票箱設置在校內的五個地方！」

「也可以網路投票！」

「結束時間是下午四點！」

「結果會公布於網站上！」

「「大家記得去投票喔！解散！」」

亞夜香和千春的致詞，為突襲選美比賽拉下帷幕。

下午四點前都可以投票……

不過，結果顯而易見。

「……由弦同學！」

「愛理沙……」

想必會奪得冠軍的旗袍美少女衝向由弦。

愛理沙雖然有點害臊，臉上仍掛著笑容。

「嚇到了嗎？」

「……嗯，嚇到了。妳竟然……會參加這種比賽呀。」

由弦用力點頭。

選美比賽開始時，他就在想：「該不會……」然而實際看到之前，他都無法確信。

他萬萬沒想到臉皮薄的愛理沙會站上這樣的舞台。

「嗯……那個……老實說，我滿難為情的……」

愛理沙邊說邊揪緊旗袍的下襬。

然後紅著臉仰望由弦。

「你覺得……怎麼樣……？好看嗎？」

面對愛理沙的這個問題……

「我又迷上妳了。」

由弦簡短回答。

※

「……我覺得穿剛才那件也可以啊。」

愛理沙表示「穿這件衣服不能約會」而脫掉旗袍，換上和服——大正時代的女學生會穿的袴裝。

儘管和服是挺可愛的，旗袍卻也很適合她。

由弦無論如何都還想再看一下。

「怎麼能穿那種衣服在外面走路啦？」

愛理沙傻眼地說，臉頰有點紅。

看來她似乎會害羞。

「況且穿著旗袍站在身穿和服的你旁邊……會顯得很突兀。」

由弦也一樣換上和服。

為了宣傳班上的店鋪，他特地換上和服——這是表面上的理由。真心話則是想體驗跟平常不同的約會。

其實由弦的班級除了餐點，另有提供出租和服的服務。

「好吧……既然你那麼想看，我等等傳照片給你。」

真拿你沒辦法……

愛理沙說道。

「謝謝……不過可以的話，我想再看一次現場的……」

由弦試著討價還價。

一半是開玩笑，一半是真心話。

聞言，愛理沙微微挑眉。

「……你就那麼想看嗎？」

「想看。」

「……等我有那個興致吧。在只有我們兩個的時候。」

沒想到她答應得很乾脆。

由弦在內心擺出勝利姿勢。

「那麼……要先去哪裡呢？」

「這個嘛……剛好是中午，要不要吃點東西？」

現在時間剛過中午十二點。

非常適合吃午餐。

「說得也是。那來找找賣食物的店吧。」

由弦和愛理沙一手拿著導覽手冊，在校內四處走動。

兩人最先注意到的，是章魚燒。

然而並非一般的章魚燒，而是用油炸的，亦即炸章魚燒。

「這真好吃。」

由弦咬了一口，咕噥道。

外酥內軟。

醬汁和美乃滋很搭。

「只是把冷凍食品拿去炸而已吧。」

「別說出來啦。」

畢竟這終究只是高中生的祭典遊戲。

味道無論如何都會下降好幾個層級。

「不過炸物是個好選擇，因為要做得難吃還比較難嘛。」

「是這樣嗎？」

「是的。炸物只是油處理起來比較麻煩而已……料理本身並不難。本來大部分食物剛炸好的時候都很美味。」

反過來說，因為油不好處理，在家之際很難隨手準備炸物。

所以具備市場需求。愛理沙向由弦說明。

「的確，雖然我們家也會做章魚燒……但炸章魚燒倒是沒做過。」

「……在家做章魚燒嗎？」

愛理沙歪過頭。

她似乎覺得「章魚燒是在祭典上吃的食物」。

「也沒有很常做……不過有時會開章魚燒派對吧？」

「那是什麼？章魚燒派對……用章魚燒開派對？」

由弦說出的詞彙，令愛理沙一臉困惑。
她心中的疑問又增加了。
大概是無法將章魚燒和派對這兩個詞連結在一起吧。
「是大家一起做章魚燒吃的活動喔。」
「哦……為什麼是章魚燒？」
「因為……可以圍在鐵板旁邊玩？哎，就是那個啦，類似烤肉的感覺？」
「喔……」
那直接烤肉不就行了？
愛理沙露出這樣的表情。
刻意選擇章魚燒的好處是？
由弦想了一下後回答：
「你想嘛……既可以在裡頭加入各種料做成創意料理，還能玩俄羅斯輪盤遊戲啊。」
「原來如此。好像很有趣呢。」
愛理沙點頭表示理解。
「嗯……以後有機會來玩吧。我家有章魚燒機。」
聞言，愛理沙苦笑著詢問：
「……順便問一下，買回來後你們家用過幾次？」

「……三次左右？」
由弦瞥開目光回答。
購買當初原以為會用到更多次。
「我之前就覺得，這樣亂花錢——」
「愛理沙，嘴巴張開！」
由弦將章魚燒遞到想要說教的愛理沙嘴邊。
一整顆章魚燒塞進她的口中。
她咀嚼後吞了下去。
「我還沒講完……」
「好了好了……還要吃嗎？」
「……還要。」
由弦再度夾了顆章魚燒餵給愛理沙。
愛理沙張開嘴，一口接著一口。
有種在餵食雛鳥的感覺。
「來，再一顆……」
「等一下，由弦同學！」
得寸進尺的由弦想繼續餵愛理沙吃章魚燒，卻惹火她了。

「吃這麼多我會太撐的。」

「啊——對不起……」

玩得太過火了嗎？由弦觀察著愛理沙的臉色。

只見她面紅耳赤。

「……輪到我了。」

愛理沙以筷子夾起章魚燒，送到由弦嘴邊。

他張嘴咬住，細細咀嚼。

「好吃嗎？」

「……嗯，好吃。」

「這樣呀。那再吃一個。」

兩人互相餵食章魚燒。

吃完章魚燒後，這個行為依舊持續著。他們接下來買了炒麵、烤雞肉串、法蘭克熱狗、奶油馬鈴薯……

順利地吃遍經典的祭典小吃。

「接下來要吃什麼？」

「……這個嘛，我自己是吃夠了。」

看到愛理沙愉悅地這麼問，由弦的臉頰有點抽搐。

其實他已經快吃不下了。

因為他吃了三分之二的量。

基本上他們都是買一人份分著吃。不過愛理沙吃得並不多。

由弦必然會吃下大量食物。

愛理沙似乎覺得「身為男性的由弦同學，這點量根本不成問題吧」。

不想在她面前示弱的由弦，只好硬著頭皮吃下去。

「說得也是……」

幸好愛理沙似乎也滿足了。

她輕輕撫摸肚子，點了點頭。

然而……

「那去吃甜點吧。」

「……甜點？」

「甜點不是裝在另一個胃嗎？」

看來愛理沙有兩個胃。

由弦跟自己的胃商量了一下。

（……只吃一點的話，沒問題吧？）

「好。呃……要吃什麼？」

「天氣有點熱，要不要吃刨冰？」

「……好啊，就吃那個吧。」

刨冰融化後跟水一樣。

比較不占胃，對由弦來說正好。

「要買哪一家呢？賣刨冰的店有很多家的樣子……」

「機會難得，要不要去班上的店吃？」

由弦班上的店也有賣刨冰。

僅僅是將抹茶糖漿淋上碎冰，就稱那為「和風」。

「好呀。也該輪到亞夜香同學她們值班了。」

「我要去嘲諷他們幾句。」

兩人走向自己的教室。

到了入口附近……

「幾位小姐，要不要進來喝杯茶？」

「咦——可是……」

「我還想逛逛其他地方……」

「我們有在出租和服喔。有浴衣、袴裝和巫女服，還有提供幫忙拍照的服務……」

宗一郎在搭訕外校的女高中生……

不，他是在拉客。

「那傢伙……在幹嘛啊？」

「……你有資格說人家嗎？」

愛理沙瞇眼瞪向由弦。

由弦表示抗議。

「我可是在認真工作耶。」

「咦——是嗎？我倒覺得你們是五十步笑百步……」

兩人聊著天——直接無視宗一郎——走進教室。

身穿紅色和服的黑髮少女笑著迎接兩人。

是橘亞夜香。

儘管不及由弦，不過亞夜香平時應該也滿常穿和服的。

很適合她。

「歡迎光臨！……什麼嘛，原來是由弦弦和小愛理沙呀。」

「妳這什麼態度……給我認真接客。」

「是是是。一對情侶請進！」

「請、請不要那麼大聲……」

兩人邊講邊坐到座位上。

然後看著點餐單。

「刨冰也是兩個人一起吃就好了吧？」

「嗯……對啊。」

「可以加紅豆、白玉、煉乳嗎？」

「可以喔。」

店裡的制度是配料加得愈多，餐點就愈豪華，價格也會變高。

而兩人跟亞夜香點完餐後沒多久……

「來了——為這對情侶送上一份刨冰！」

身穿巫女服的棕髮少女出現了。

是千春。

巫女服好像是她從家裡帶來的。

不愧是神社的繼承人，看起來有模有樣。

「就、就說了……請不要大聲稱呼我們為情侶……」

愛理沙害臊地說。千春卻聳了聳肩膀。

「事到如今，妳還會顧慮這個嗎……」

「什、什麼叫事到如今……」

「因為你們等等要一起吃這碗刨冰吧？」

明明有兩個人，卻只點了一碗。

顯然是要分食同一份餐點。

「呃、呃……是沒錯。但朋友也會一起吃吧？」

「異性的話不會吧。」

「這……或許吧……」

愛理沙望向由弦求救。

由弦輕輕聳肩。

「沒關係吧。這是事實啊？」

「這、這個……」

愛理沙難為情地縮起身體。

千春在她耳邊輕聲呢喃。

「（有什麼關係……放閃給其他人看，可以避免其他人想接近他喔。）」

「（……！說、說得對！）」

愛理沙用力點頭。

臉頰染上淡粉色的她，對由弦展露笑容。

「開動吧！不然冰會融化的。」

「喔、喔……？」

見愛理沙態度驟變，由弦不禁心生疑惑。

「由弦同學，要不要我餵你吃？」

「咦？在、在這裡嗎……？」

愛理沙挖了一匙刨冰，想要餵由弦吃。

由弦以雙手制止她。

「呃、呃，在這種地方有點……」

即使是由弦，也不好意思在班上——有認識的人在的地方——做那種事。

此舉既害羞又尷尬。

愛理沙想必也感到難為情吧？只見她的臉同樣紅通通的。

儘管如此，她仍強行試圖餵食由弦。

「好嘛好嘛，別客氣……」

只能乖乖給她餵了嗎？

……正值由弦做好覺悟之際——

「哎呀，真是熱情呢……姊姊。」

帶著一絲無奈的聲音傳入耳中。

愛理沙當場僵住。

由弦望向聲音來源，有三名少年少女站在那裡。

其中一人是黑髮綠眼的少女。

天城芽衣。

愛理沙的義妹兼表妹。

「芽、芽衣！」

「兩位看起來感情很好，我也放心了。不枉我推了妳一把。」

芽衣雙臂環胸，點了好幾下頭，一副高高在上的模樣。

「哎呀，高瀨川家的未來一片光明。至少不用擔心會在哥哥這一代絕後。放心嘍放心嘍。」

面帶奸笑的，則是黑髮藍眼的少女。

高瀨川彩弓。

由弦的妹妹。

「對啊，放心嫁進來吧。」

由弦瞄了紅著臉僵在原地的愛理沙一眼，笑著說道。

接著望向站在芽衣和彩弓身旁的少年。

「好久不見，雄二。」

「是的，好久不見，哥！」

相貌端正的少年笑著跟由弦問好。

前一秒仍處於僵硬狀態的愛理沙歪過頭。

「咦……？這位是由弦同學的弟弟……嗎？」

你有弟弟呀？

她一臉疑惑。

由弦和雄二互相對視，然後笑了笑。

「是的。」

「其實他是私生子。」

「……咦？」

愛理沙的表情再度僵住。

私生子。

意即由弦的父親跟妻子以外的女性有小孩。

「那、那還真是……」

「抱歉，騙妳的。」

「什麼……！」

由弦向感覺真的會相信的愛理沙坦承。

差點被騙的愛理沙瞪大雙眼，鬆了口氣似的拍拍胸口。

「我之前也說過，我沒打算成為你的哥哥……你哥在那裡把妹吧。」

由弦邊說邊指著教室外面的走廊。

宗一郎正在跟疑似女大學生的女性聊天。

「噢，原來如此。這位是宗一郎同學的弟弟？」

「……是的。很遺憾，有個不像樣的哥哥。」

佐竹雄二。

宗一郎的弟弟，佐竹家次男。

今年國三。

他略顯無奈地望向宗一郎……

接著面向由弦，挺起胸膛。

「哥，請放心，我是絕對不會做出腳踏兩條船、三條船這種行為的！」

「身為人類，這是理所當然的。你在驕傲什麼……」

再說，他都跟兩個女生一起來了，是不是有點沒說服力？

由弦暗自感到疑惑。

「還有，我不是你哥。」

「是的。但我把你當成親哥哥一樣崇拜！」

「啊——好好好……至少等你獲得適當的身分，再那樣叫我吧。」

由弦淡漠地回應雄二。

雄二則笑咪咪地點頭。

「咦……？小彩弓和雄二？」

「那個可愛的孩子，該不會是愛理沙同學的妹妹吧！」

此時，亞夜香和千春兩人跑了過來。

芽衣對她們鞠躬。

「是的。我是天城家的繼承人，天城芽衣！以後請多關照！」

她帶著親切的笑容說道。

亞夜香和千春興奮地稱讚芽衣可愛。

「……機會難得，要不要借和服穿穿看？」

愛理沙向三人提議。

由弦他們的班級還有提供和服出租。

可以穿著和服逛學園祭，拍紀念照。

姑且算是賣點之一。

三人點點頭，在亞夜香她們的帶領下進入更衣區。

愛理沙稍微壓低音量，詢問由弦：

「……為什麼他要叫你哥哥？」

「……因為他對彩弓有意思。」

由弦聳著肩膀回答。

愛理沙聞言，睜大眼睛。

「那個……該不會是……未婚夫？」

「嚴格來說是未婚夫人選吧？還沒定下來。」

他是彩弓的未婚夫「人選」之一。

同時也是佐竹家的繼承人「人選」之一。

俗話說「射人先射馬」，他試圖拉攏由弦。

「原、原來如此……國三就……啊，不過我們也差不多呢。」

愛理沙嘴上這麼說，卻似乎不太能理解。

的確，才國三就談到婚約，她會覺得為時尚早也很正常。

「只是人選而已……還不確定。當事人似乎覺得很穩就是了。」

「……那他不是該對彩弓示好嗎？」

若想跟彩弓結婚，就該跟本人說才對，而非父親或兄長。

愛理沙皺著眉頭表示。

她說得完全正確。然而……

「哎，是沒錯。不過有些事情拐個彎反而會比較順利。」

「雖然或許是這樣……」

「況且要是引來對方家族的當家或繼承人反感，可能會成為結婚的阻礙。」

儘管由弦自己覺得讓彩弓隨心所欲即可……

由弦的父親理應也會盡可能尊重女兒的意願，所以不會演變成「私奔」之類的情況。除非有什麼天大的意外。

「……彩弓怎麼想？」

「她似乎不排斥喔。」

否則也不會跟他一起來逛學園祭吧。

「是嗎？那真是……太好了。」

愛理沙放心地點了點頭。

她曾經被迫訂下違背意願的婚約，想必很有感觸吧。

（哎，不過……那傢伙有可能在勾引每位「人選」……）

由弦之前曾問過彩弓最喜歡誰，她的回答是：「咦——我選不出來耶。」

她好像想讓那些人互相競爭，捕獲最有活力的那一個。

而由弦的父親也沒有阻止她，不曉得他知不知道彩弓的方針？

……看來他挺寵女兒的。

在由弦跟愛理沙聊天的期間，彩弓與芽衣也換好衣服了。

兩位穿和服的美少女走出更衣區。

「怎麼樣，哥？好看嗎？」

「……我很少穿這種衣服，適合我嗎？」

彩弓和芽衣詢問由弦他們。

彩弓穿的是巫女服，芽衣則是跟愛理沙類似的袴裝。

「挺好看的啊。」

「妳們兩個都好可愛。」

由弦和愛理沙分別述說感想。

穿和服的彩弓，由弦已經看習慣了……但巫女服倒是第一次看見。

推測是千春帶來的其中一套衣服，非常適合彩弓。

平常囂張又幼稚的妹妹，穿上巫女服卻頗有「那個味道」，真不可思議。

愛理沙的義妹芽衣也很好看。

不過硬要說起來，比起美麗，她們給人的感覺更接近可愛。

這兩人原本明明是走成熟路線，穿成這樣卻明顯看得出是與年齡相符的少女。

「妳們都好好看，我快認不出來了。」

不知不覺間也換上和服的雄二，同樣對兩人表示稱讚。

……他的外表及言行舉止，果然很像宗一郎。

「芽衣，接下來要去哪？」

彩弓詢問芽衣。

芽衣想了一下後回答：

「啊——對了，可以的話，我打算跟良善寺先生和凪梨小姐也打個招呼……」

「這樣呀。那我也一起……」

「啊，沒關係，不用的。我想獨自逛一下……兩位請慢慢逛。」

語畢，芽衣便笑著快步離去。

彩弓也沒有要強行挽留她的意思。

「……那我們兩個逛吧。要不要去鬼屋？」

「不錯呀？」

決定好目的地後，雄二想偷牽彩弓的手……

「拜嘍，哥哥！」

彩弓卻沒發現，跟由弦他們打完招呼後便逕自走掉了。

雄二急忙追上去。

「他們的感情真好呢。」

愛理沙高興地笑了。

「與其跟不喜歡的人靠相親結婚……果然該好好談過戀愛，跟喜歡的人結婚才對。」

「哎呀，這麼說是沒錯……」

由弦不禁苦笑。

「但我們不就是靠相親認識的？」

「咦？噢、噢……確實耶。」

看來對愛理沙而言，她跟由弦的婚約是經由「戀愛」成立的。

起因是相親，之後則是基於戀愛……這是由弦和愛理沙的關係。

所以他們既可以說是相親結婚，也能說是戀愛結婚。

「總之，幸福就是最好的……希望我們的孩子也能過得幸福呢。」

不知道孩子會靠相親結婚、談戀愛結婚，還是經歷跟由弦和愛理沙一樣的過程再結婚。

總之希望能跟他們一樣，是場幸福的邂逅——由弦輕聲說道。

「孩、孩子……你、你太急了啦……」

聞言，愛理沙紅著臉，低下頭。

這個反應令由弦也下意識地搔起臉頰。

他自然而然聯想到「懷孕的方式」，覺得有點尷尬。

「……那個……由弦同學。」

「……怎麼了？」

經過片刻的沉默，愛理沙率先開口。

由弦同學也想做那種事嗎？

由弦猜測她八成要問這個而提高戒心。不過……

「……我和芽衣，誰比較可愛？」

「當然是妳嘍。」

愛理沙滿意地點頭。

儘管由弦心想，何必嫉妒比自己小四歲的人……

但這樣也滿可愛的，他便不去在意了。

※

某一天——

「謝謝妳今天陪我來。」

「不會不會。我是沒關係。可是……」

由弦和千春約在某家購物中心見面。

兩人都打扮得挺時尚的，乍看之下說不定會被誤認成情侶在約會。

「腳踏兩條船不太好吧？」

千春語帶調侃地對由弦表示。當然是開玩笑的。

她是想問由弦跟她一起出來逛街，愛理沙會不會生氣？

「我有先跟愛理沙說要和妳出門。」

「真想不到。這樣她就同意了嗎？」

「愛理沙並非對任何人都會吃醋喔。」

她確實有善妒的一面，但那並不是懷疑由弦劈腿。

硬要說的話，是希望由弦與其把時間花在其他女生身上，不如多陪陪自己的可愛想法。

是以她不會因為由弦跟千春一起逛街這點小事就起疑。

再說，由弦和千春是青梅竹馬，也是朋友。

「是嗎……嗯，畢竟目的是為了那個嘛。」

這次，由弦約千春出來的原因無他。

正是要購買愛理沙的生日禮物。

因為由弦不懂少女心，便找來千春徵求意見。

「那我們快走吧。」

「好呀。」

由弦和千春一同邁步而出。

他們已經事先調查過販賣飾品或化妝品的店家。

剩下要做的只有實際挑選商品。然而……

「啊，由弦同學！要不要去那家內衣店？一起挑選適合愛理沙同學的內衣吧？」

「誰要啊！」

拜失去控制的千春所賜，事情並沒有想像中那麼順利。

儘管發生了一些意外，兩人終究還是順利買完禮物，在速食店吃午餐。

「結果依舊買了最保險的選項。」

千春略顯不滿地咬住吸管，發出聲音喝著果汁。

她似乎對由弦沒有幫愛理沙買內衣感到不悅。

「萬一有人看見我跟妳一起去買內衣……那可不是鬧著玩的。」

「老實承認是去買愛理沙同學的內衣，不就能解開誤會了？」

「這種理由怎麼可能說服得了——感覺真的說服得了她。」

由弦不由得苦笑。

但愛理沙即使接受這個理由，可能也會大罵：「請你不要去買那種東西！」

「唉唷，我總覺得送內衣挺不錯的啊……」

「……不錯嗎？很噁心吧。」

「喜歡的人另當別論啦……我認為愛理沙同學會願意穿上喔？」

「是嗎？原來如此……」

不過，兩人的關係尚未進展到可以拜託愛理沙穿內衣給她看的地步。

至少要再等一年吧。

「那明年我再跟愛理沙一起去挑。」

「到時請找我一起。」

「怎麼可能啦！」

為何要在跟未婚妻兩人獨處之際，找其他女性過來？

由弦忍不住皺眉。

「我跟你都那麼熟了。」

「至少我們沒好到能帶妳一起和未婚妻約會。」

「目前或許是這樣沒錯……不過可以的話，我想跟你建立更緊密的關係喔？」

「……唔。」

由弦將薯條送入口中。

「我倒希望彼此的關係可以維持現狀。」

「我和你的關係不變是無所謂啦。然而上西和高瀨川的關係要是始終不變，不是件好事吧？」

高瀨川家和上西家的關係一直不好。

尤其是兩人的祖父母那一代，關係非常惡劣。

「時機成熟自然就會改善了。」

兩人的祖父母遲早會離開這個世界。

等到由弦和千春成為當家，兩家應該會自然和解才對。

「我說的是更久以後的未來……我們的下一代。」

「……妳未免太急了。」

由弦一臉無奈。

也就是說，千春指的是他們小孩的政治婚姻。

「由弦同學的小孩一定很受歡迎，所以我想趁現在預約……已經有人預約了嗎？」

「怎麼可能？只有妳會講這種話。」

很少有人會在小孩還沒出生，連婚都還沒結的狀況下就提出這種建議。

連由弦那個急性子的祖父都不會有這種念頭吧。

「話先說在前頭，我無法保證。」

「我知道。再說，也還不能確定你們會不會有小孩。」

「除此之外……孩子的意願是最重要的。」

「你說得對，硬是牽線不會有好結果。我的阿姨證明了這一點。」

由弦曾聽說過，千春的阿姨——母親的姊姊——之所以私奔，正是因為被迫跟不喜歡的對象結婚。

以家庭因素限制人類的自由意志，在這個時代不可能允許這種事發生。

再說，由弦和千春都不打算這麼做。

儘管他們的思考模式是以整個家族為中心，卻將個人的自由意志擺在更重要的位置。

「不過，假如我們的小孩感情不錯……不覺得很值得高興嗎？」

「……我不否認。」

由弦並不反對政治婚姻。

雖然他不認同強行牽線或當事人不接受的婚姻……但倘若當事人可以接受，那也不失為一種手段。

況且由弦和愛理沙也是政治婚姻。

假如沒有那場相親，沒有政治婚姻，他們根本不會變成現在的關係。

說起來，由弦的雙親、祖父母也是因為政治婚姻才在一起的。

政治婚姻本身並沒有錯。

有好的政治婚姻，也有不好的政治婚姻……至少由弦是這樣想的。

他和愛理沙是前者。而他希望自己的小孩也屬於前者。

「哎呀，幸好你不反對……先前我也跟愛理沙同學講過同樣的話，結果被她當成在開玩笑。」

「正常吧，畢竟是那麼久以後的事。」

說起來，由弦沒什麼自己遲早會有小孩，要生小孩……會成為父親的真實感。他所能具體想像及描繪的未來，頂多只有到與愛理沙結為連理的程度。

照理說愛理沙也一樣。

「……先聲明，我不會把這些當成約定喔？」

「我明白。不如說我也不想跟你約定，畢竟沒人知道將來會怎樣嘛。」

千春聳聳肩膀。

沒人知道高瀨川家和上西家十年後的狀況。

在現在這個階段隨便做出承諾，埋下未來可能會因此起爭執的種子，對由弦和千春來說都沒有好處。

「只是希望你把這件事放在心上。」

「是是是……我會考慮一下。這樣行嗎？」

「足夠了。」

千春滿意地點頭。

對兩人來說，「只是考慮一下」沒有壞處。

「……話說回來，愛理沙同學不曉得是怎麼想的？」

「什麼意思？」

「她會抱持積極的態度嗎——之前她以為我在開玩笑，所以我不知道她有什麼看法。」

千春苦笑著說。

當時她講到一半，話題就被扯開了，因此沒能好好討論。

「講清楚就行了吧。她以為妳在開玩笑，八成是因為沒辦法想像。用我們經歷過的事譬喻會比較好懂。」

由弦和愛理沙原本是同學，正式發展成親密關係則是在相親過後。

他們雖然建立了假婚約這種複雜的關係，事後回想起來，卻也算是按部就班地藉由相親認識，逐漸加深關係，抵達終點。

只要想成跟他們一樣，應該會比較好想像才對。

……再說，由弦和愛理沙都沒談過一般的戀愛。對他們而言，「一般的戀愛」就是指彼此間的關係與邂逅。

「有道理。確實如此。」

千春點頭表示理解。

她一直在旁看著愛理沙幸福的模樣。儘管政治婚姻聽起來很複雜，但簡單來說，正如由弦和愛理沙的關係。只要這樣說明，對這種事有些陌生的愛理沙，理應也會比較好想像。

「下次我會試試看。」

「有機會的話，我也跟她談談好了……」

兩人輕描淡寫地說。

……他們沒有發現。
自己的常識與愛理沙的常識有所出入。

第二章　婚約對象和減肥

六月上旬的某天。

「唔……呼……」

一名少女激烈地喘著氣。

每當她喘氣之際，被內衣包覆的豐滿胸部便會微微上下搖晃，珍珠般的汗水滴到美麗雪白的雙峰之間。

露出細長型好看肚臍的腹部，不時會收緊肌肉。

亞麻色的秀髮汗水淋漓，翠綠色的眼眸泛著淡淡的水光。

標緻的面容因痛苦而扭曲。

「……愛理沙。」

有人呼喚少女。

聲音的主人……是一名黑髮藍眼的少年。

他用雙手握緊少女自緊身褲底下伸出的白皙雙腿。

少女的姿勢變得跟被人抓著腳倒吊起來一樣。

這就是她那麼難受的原因。
儘管少年看起來像在對少女施暴……
但他的語氣意外地溫柔。
「要不要打住？別勉強。畢竟妳是第一次……」
「我……沒事。」
少女雖然痛苦，卻堅定地回答。
「請、請繼續……」
「呃、呃。可是……」
「如果是跟你一起，我撐得下去。」
「……知道了。」
少年尊重少女的覺悟，雙手重新動了起來。
少女也配合少年的動作……
「唔……啊……」
她立刻呻吟出聲。
少年反射性停下。然而……
「不、不要停……！」
「……如果妳真的撐不下去，要早點說喔！」

少年與少女再度開始動作。

兩人為何會做這種事呢？

若要說明原委，需要將時間倒回至數日前。

※

星期日早上──

愛理沙要來由弦家，因此他先沖了個澡。

這時……望見浴室裡面的鏡子，由弦覺得不太對勁。

「……嗯？」

他的視線落在鏡中自己的腹部上，隱約有股異樣感。

「……唔。」

他試著縮起肚子，腹肌施力……

直接觸碰自己的腹部，捏起肚子上的肉，再三確認。

「……不會吧，怎麼可能？」

由弦迅速洗完澡，用浴巾擦乾頭髮……

站上放在更衣室的體重計。

「什……麼……？」

他變胖了。

（正值發育期，所以體重增加了……我很想這樣想。但肚子的肥肉很難無視……）

由於由弦多少有長高，體重跟著增加也是理所當然的。然而……

他感覺到體重增加得比身高還多。

肌肉比脂肪重，因此當然不能光憑體重就判斷「變胖了」。

但由弦不覺得肌肉有特別增加，況且用看的都覺得有肚子了，視為「變胖」比較妥當。

（為什麼……我的運動量應該沒有減少啊……）

由弦思考著原因……

「由弦同學、由弦同學……你有在聽我說話嗎？」

銀鈴般的可愛聲音傳入耳中。

回過神時，只見亞麻色頭髮的可愛未婚妻——雪城愛理沙，正盯著由弦的臉瞧。

「咦？啊……抱歉，不小心恍神了。」

「你有什麼煩惱嗎？」

「沒有啦……不是多嚴重的事。」

其實我變胖了——這種話，由弦有些說不出口。

愛理沙不可能因為變胖一些就討厭他，他也沒有胖到那個地步……

但男人總是愛面子。

即使是虛假的，他也希望自己能在愛理沙心中維持「肌肉男」的形象。

「是嗎……有需要的話，隨時可以跟我商量。」

「謝謝。呃……妳剛剛說什麼？」

「你知道大蒜放在哪裡嗎？……應該還有才對，可是我找不到。」

愛理沙指著冰箱詢問由弦。

由弦納悶地打開冰箱。

「平常都是放在這裡……嗯——真的沒有。啊，對喔，大概是我昨天做蒜味義大利麵時用掉了吧？」

受到愛理沙影響，由弦變得偶爾會自己下廚。

不過目前的菜色只有炒蔬菜、蒜味義大利麵、炒飯就是了。

聽見由弦的回答，愛理沙微微挑起工整的眉毛。

「真是的，由弦同學！你怎麼可以擅自拿來用啦！」

「對、對不起……嗯？」

由弦突然覺得怪怪的。

為什麼用掉自己家的食材要被罵？

為什麼需要徵求愛理沙同意？是不是怪怪的？

「如果你要用，請先跟我說一聲！聽見了嗎？」

「遵、遵命。」

不過，他沒那個勇氣跟生氣的未婚妻說。

……實際上，愛理沙比由弦更常使用冰箱，也很清楚裡面有什麼東西，因此她的主張也不盡然是錯的。

「算了。幸好還沒去採購食材……好險有發現。」

「我知道了……是說，今天的晚餐是？」

「我想做炸雞塊。冰起來就能久放。」

愛理沙定期會幫由弦做便於保存的配菜。

加熱過後就能吃，對由弦來說實在幫了大忙。

「你很喜歡吃吧？」

「沒錯，特別是妳做的。當然，比起炸雞塊，我更喜歡妳本人……」

「好好好……被拿來跟炸雞塊比，也沒什麼好高興的。」

真是的，你在說什麼呀？愛理沙一臉無奈。

……臉頰卻紅通通的。

沒多久，到了晚餐時間——

「我想再吃一些炸雞塊……你呢？」

「機會難得，我也再吃點好了……可以多幫我添一碗飯嗎？」

「好的。」

愛理沙像是在工作般，平淡地回答。

不過跟她認識已久的由弦，很清楚她的語氣非常愉快。

假如她有尾巴，現在肯定正左搖右擺。

「來，請用。」

「謝謝。」

從廚房回來的愛理沙，將炸雞塊跟白飯遞給由弦。

由弦拿炸雞塊配著白飯吃。

油膩的炸物和甘甜的白米非常搭。

雖然可能不太健康……

「啊……」

此時，由弦終於意識到——

「怎麼了？」

「沒、沒事……什麼事都沒有。」

他有些反應過大地對略顯不安的愛理沙搖頭，繼續吃飯。

然後邊吃邊想……

（這就是原因嗎……）

犯人是愛理沙。

運動量沒有變化。

那他為何變胖了？答案很簡單，因為食量變大了。

原來如此。仔細一想，這個道理再正常不過。

老實說，由弦也隱約察覺到了。

就算這樣，他依舊故意忽略這個可能性。

畢竟愛理沙做的菜很美味。

也會顧慮營養均衡。

然而再怎麼注意營養，吃得多就會胖，乃是不言自明的道理。

因為很美味，愛理沙又會問他要不要再吃一點，導致由弦每次都不小心吃太多。

之前在學園祭時吃太多也不好。

「由弦同學、由弦同學。」

「……啊，呃……抱歉，怎麼了？」

飯後——

愛理沙在收拾餐具的途中呼喚由弦，將他的意識喚回現實世界。

「沒有。那個……因為你的手沒在動。呃，餐具……洗好了嗎？」

「噢……對不起，這邊已經洗好了。」

由弦將盤子遞給愛理沙。

愛理沙從由弦手中接過盤子，用布擦乾，放進瀝水架。

「由弦同學，你真的沒事嗎？」

「沒事……真的沒什麼大不了……」

「我不認為……即使只是一點小事，我也可以陪你商量喔？」

那麼，該怎麼辦呢？

儘管不太想說……然而要控制體重的話，仍需愛理沙的協助。

由弦煩惱了一下後回答：

「那個……以後可以煮少一點。」

他不想坦承自己變胖，於是只向愛理沙提及結論。

至於愛理沙的反應……

「咦……？為、為什麼？」

起初是驚訝。

「難道……你身體不舒服？」

接著是擔憂。

「還、還是說……不合你的口味？」

最後是不安。

面對表情變化多端的未婚妻，由弦急忙搖頭解釋：

「不是，我身體沒有不舒服，更沒有吃膩妳做的菜……我超喜歡吃妳做的炸雞塊。」

「……那是為什麼？」

「啊──那個，非說不可嗎？」

「……你不講我怎麼知道呢？」

「說得也是……」

由弦下意識搔起臉頰。

「嗯──就是……那個……該怎麼說……」

「什麼？」

「我的體重增加了……」

「……體重……嗎？」

愛理沙疑惑地歪過頭。

她聽不懂。

「簡單來說就是變胖了。我打算減肥。」

由弦據實以報。

愛理沙目瞪口呆。由弦的回答似乎出乎她的意料。

她錯愕地咕噥道：

「……原來男人也會胖呀。」

由弦不禁苦笑。

「……胖男人並不罕見吧？」

「不好意思，剛才那句話有語病。那個……該怎麼說，並非實質上的變胖，而是概念上的……『原來男人會在意』的意思。」

女性對體型非常敏感。

因此即使外表沒有變化，只增加幾公斤都會覺得自己「變胖了」。

相對的，男生胖個幾公斤也不會介意。

根本連體重都不會去量。

愛理沙指的是這部分。

「不過，你真的有變胖嗎？只是正值發育期，體重才會增加吧？就我看來沒什麼變化……」

「比起體重變胖……不如說有種肚子長肉的感覺……」

倘若體重變重是因為肌肉增加，反而值得高興。

由弦邊想邊稍微掀起衣服。

「妳看……」

「……唔唔。」

愛理沙把臉湊近由弦的腹部。

「唔……我看看。嗯、嗯……就我看來其實也還好……啊，不過，經你這麼一說，的確……」

愛理沙喃喃自語，輕輕用手捏起由弦肚子的肉。

「跟去年夏天比起來……腹肌好像沒有我記憶中那麼明顯了……可能是因為回憶總是特別美……」

「愛理沙……有點癢。」

「咦？啊……不好意思。」

愛理沙有點著急地放開手。

由弦放下衣服，詢問愛理沙：

「在你心中，我的腹肌是回憶嗎？」

「別、別講這種奇怪的話……」

「是回憶嗎？」

「……是、是啦。我有那麼一點覺得你的肚子有腹肌，很性感。」
去年夏天，兩人一起去游泳池之際，愛理沙還很冷淡。
不過當時她就覺得由弦穿泳裝「很性感」，證明她也是有將他當成異性看待的。
老實說，一年前，由弦在游泳池看見愛理沙的胸部時也覺得「哇，好色情！」應該跟那一樣吧。
跟由弦回憶起穿泳裝的愛理沙會產生各種想法一樣，愛理沙也對穿泳裝的由弦印象深刻，讓他十分高興。
因為這代表他和未婚妻心靈相通。
儘管相通的或許並非心靈，而是妄想就是了。
「妳想看的話，愛看多久都可以，要摸也行。」
「……代價是我也得讓你看對吧？我不會上當的。」
「呃，我沒有那個企圖……」
「這、這樣嗎？」見由弦露出苦笑，愛理沙有點慌張地撥弄頭髮。
看來她妄想得太快了。
「可是……你看起來沒有胖到必須減肥的程度啊？突然改變飲食習慣，有害健康喔？」
愛理沙語速很快，彷彿要掩飾尷尬。
「但如果不快點採取應對措施，之後會很難減回來。況且……妳喜歡肌肉吧？」

「請、請不要把我的癖性講成喜歡肌肉……！即使沒有肌肉，即使變胖了，由弦同學就是由弦同學……」

「不過，有肌肉的我和變胖的我，妳比較喜歡前者吧？」

由弦也一樣，即使愛理沙的腰圍變粗，或是胸部和臀部的肉變少，愛理沙就是愛理沙，他的愛意不會改變……

可是比起變胖的她，他更喜歡現在這樣身材凹凸有致的她。

考慮到對方的感受，想努力讓喜歡的人喜歡自己，再正常不過。

「這個嘛……確實……」

「再加上暑假快到了。」

恐怕會跟愛理沙一起去海邊或游泳池玩。

宗一郎、聖、亞夜香他們搞不好也會在場。

屆時給人家看見鬆弛的肥肉不太好。

「知道了，我會為你加油的。」

「……妳不用減肥嗎？」

「……你是在說我胖嗎？」

愛理沙皺眉表示不悅。

由弦急忙辯解。

「沒、沒有啦……妳看起來沒變胖。只不過……妳也吃了不少……對不對？」

「……我只有多吃一點而已，沒有你吃得那麼多。」

「但有多吃『一點』吧？」

「……」

愛理沙用手抵著下巴，陷入沉思。

大概是在回想最近的飲食和食量。

最後，她默默輕觸自己的腹部。

「……可以借一下體重計嗎？」

「請便，請便。」

愛理沙一語不發，走向放有體重計的洗手間。

過沒多久就回來了。

「……沒有變胖。」

「是嗎？太好了。」

「……但我也會跟你一起減肥。」

「……妳不是沒變胖嗎？」

「沒有呀？」

有什麼意見嗎？

愛理沙瞪著由弦，彷彿如此表示。

美女生氣的表情真恐怖。

「沒、沒事沒事……怎、怎麼會嘛……有妳陪我，太令人心安了！」

「包在我身上。」

愛理沙用力點頭。

「以後我煮菜會以低醣高蛋白為主。用高麗菜和豆腐代替白飯，蔬菜是花椰菜，肉用雞胸肉。得想一份菜單才行……」

「啊——沒關係啦，用不著那麼認真……」

「你是把這當遊戲嗎？由弦同學，你真的想減肥嗎？」

「對不起，我會努力的。」

由弦只得低頭道歉。

※

減肥要做的事大致分成兩項。

一是控制飲食。

得盡量避免攝取脂肪多的食物和碳水化合物。

此外，考慮到要幫助增肌，蛋白質也必須多加攝取。
另一項是運動。
運動又大致分成有氧運動和無氧運動。
前者容易減脂，後者容易增肌。
想減少脂肪的話，前者較為有效。不過一旦肌肉量增多，基礎代謝率也會變高，能夠提升減肥的效率。最好兩者均衡進行。
尤其是由弦，他不只想減少脂肪，還想將其轉換成肌肉——想獲得夠格當愛理沙未婚夫的身材，因此，肌肉鍛鍊是不可或缺的。
於是……
「一起去運動吧。」
下個星期天——
愛理沙來到由弦的房間後，馬上提出這個建議。
「唔，一起運動嗎……是可以啦。」
為了減肥，由弦一直默默地運動著……
可是一個人運動容易膩。
雖然可以邀請宗一郎和聖，他們卻也並非隨時都有空。
所以能跟愛理沙一起運動，由弦非常樂意。

「不過這樣的話……有能兩個人一起做的運動嗎？」

和樂融融地躺在一起，做伏地挺身或仰臥起坐。

……感覺不太有趣。

兩個人一起做一個人就能做的事，總覺得有點空虛。

「有呀。我偶爾會跟妹妹……跟芽衣一起運動。」

「……哦——」

愛理沙這句話，令由弦想起最近彩弓傳的訊息。

最近，愛理沙的表妹芽衣曾跟彩弓抱怨：「我被愛理沙姊姊逼著陪她減肥，有夠累的……」

真是可愛。

由弦不禁苦笑。

「……你在笑什麼？」

「啊——沒事，沒什麼……總之我們先換個衣服吧。」

「好的。我去那邊換。」

愛理沙拿著東西走向浴室——有洗手台的更衣室。

然後準備關上門，從門縫探出頭。

「……不可以偷看喔？」

「如果我真的很想看怎麼辦？」

「……那我會給你看的。」

看來她願意給由弦看。

不過，由弦倒也不是真的那麼想看——儘管若要問他想不想看，答案當然是想，卻沒有飢渴到那個地步——所以不打算拜託愛理沙。

他隨便換上了T恤及短褲……

過了一會兒，浴室的門打開，愛理沙走了出來。

「……呃！」

由弦不由得瞪大眼睛。

因為她只穿著運動內衣和緊身褲，相當大膽。

儘管運動內衣是將胸部完全包覆的款式，一點都不色情……

然而這身打扮很暴露是事實。

從腋下到肩膀、長腿，以及平坦的腹部跟好看的肚臍，通通暴露在空氣之中。

「那、那個……很、很奇怪嗎？」

愛理沙有些害羞地詢問由弦。

他搔著臉頰回答：

「不、不會……不奇怪。感覺得出妳很有幹勁，還不錯？」

不知道眼睛該往哪裡看。

這才是由弦的真心話。

「那個……我想說……這樣比較方便看出瘦了多少。」

愛理沙辯解似的說。

由弦的視線自然飄向她的腹部——腰肢跟形狀優美的肚臍。

乍看之下不像有變胖。

至少肚子沒有凸出來。

依然平坦，看起來沒必要減肥……

「喂、喂……別看啦。」

見由弦在觀察她，愛理沙害臊地遮住腹部。

然後咕噥道：「……色狼。」

那妳別把肚臍露出來不就得了？

由弦如此心想，不用想都知道愛理沙會回答：「那不代表你可以盯著我看！」

「妳看起來不需要減肥啊……？」

會不會減過頭反而變得太瘦啊？

由弦有點擔心。

相對性的「瘦」沒什麼問題，但絕對性的「瘦」就太不健康了。

「是這樣嗎？」

愛理沙略顯難為情，挪開遮住腹部的手。

狹長型的肚臍與美麗的腰線再度映入眼簾。

「看得出腰線啊……應該沒問題吧？」

「表面上看起來或許是這樣……不過數值有點變化。況且……」

「況且？」

「我想練腹肌。」

「……唔。」

由弦腦中浮現有腹肌的愛理沙。

絕對不壞。

可是……

「呃、呃……那個……我覺得妳現在這樣就很棒了……」

「話先說在前頭……我沒有想練到六塊肌那麼壯喔？」

由弦鬆了口氣。

肌肉女實在不是他的愛好。

「那妳要練多壯？」

「中間有條直線還滿好看的……」

原來如此。由弦點了點頭。

倘若只是那個程度，有肌肉確實比沒肌肉好看。

「那……開始吧。要做什麼運動？」

「我想想。嗯……剛剛才聊到腹肌，就從腹肌下手好了。」

兩人立刻開始鍛鍊肌肉。

他們先躺在地上，腳朝向對方，彎曲膝蓋。

接著雙腿交叉。

擺出以腳固定住對方的腳的姿勢。

「就這樣試著不用手撐起身體……跟對方擊掌。」

「原來如此。」

由弦點點頭，將力氣集中在腹肌，坐起上半身。

然後跟同時愛理沙……

啪！

互相擊掌。

「要做幾次？」

「先做個……」

愛理沙說出目標。

比由弦想像的次數多了一倍。

「會不會有點累……」

「怎麼可以一開始就說喪氣話！……真的撐不住的話，之後再降低目標就行了。」

降低目標很簡單。

因此一開始就把目標訂得高一點……愛理沙的方針似乎是這樣。

雖然由弦個人是希望從可以做到的次數慢慢增加，卻也沒有需要直接反駁愛理沙的理由。

「那就這麼辦吧。」

於是，兩人繼續做起仰臥起坐。

當然，每做一次便會愈來愈辛苦。

做到超過第十次的時候，腹肌已經開始感覺到相應的負擔。

不過……

（感覺……還不賴。）

仰臥起坐很累人。

可是一坐起來……愛理沙就在眼前。

她美麗的容顏、沾到汗水而閃耀光澤的亞麻色頭髮、微微泛紅的雪白肌膚……

某種意義上來說稱得上獎勵的畫面，正等待著他。

一思及此，幹勁就會稍微提升。

再加上由弦心裡懷抱「不能在未婚妻面前出糗……！」的堅持，同樣有助於打起幹勁。

這個方法表面上看來只有好處。

……但其實也有意想不到的壞處。

「……唔，呼……！」

「……愛理沙，妳還好嗎？」

由弦詢問比他慢了一拍坐起來的愛理沙。

她露出有點僵硬的笑容回應。

「沒、沒問題……！」

由弦是男性。

愛理沙是女性。

她無論如何都會做得比他慢。

「要不要休息一下……」

「再、再做……再做……十次……就好！」

既然愛理沙都說沒問題了，由弦也無法強行制止她。

而他「等待」她的時間愈來愈長……

兩人最後好不容易達成了五十次的目標。

「呼……呼……」

做完仰臥起坐後，愛理沙展開雙臂，在地上癱成「大」字形。

豐滿的胸部隨著呼吸上下起伏。

雪白的肌膚浮現珍珠般的汗珠。

雖然對精疲力竭的愛理沙不太好意思，但由弦忍不住產生「好美」這個感想。

「對不起……由弦同學。」

等到呼吸穩定下來後，愛理沙向由弦道歉。

對不起，拖了你的後腿……她在為這件事道歉。

由弦搖搖頭。

「不會，妳別放在心上。」

「是嗎……不過這個做法最好改良一下。」

「……對啊，按照自己的步調比較好。」

要做仰臥起坐的話，輪流幫對方壓腿就行了吧。

兩人得出結論。

之後，他們又把手放在對方肩上深蹲、雙手交疊互相推擠，鍛鍊胸肌。

……感覺一個人也能做。但講這個太不識相了。

兩個人一起做能夠提升效率。大概吧。

由弦擺出愛理沙指定的姿勢，進行下一組運動……

（……這個姿勢太危險了吧？）

他忽然心想。

兩人現在的姿勢是愛理沙彎曲手肘趴在地上，由弦抓著她的腳踝提起來。

他再維持彎腰的姿勢，抓著她的腿往後拉。

如此一來，愛理沙能鍛鍊腹肌，由弦能鍛鍊背肌……的樣子。

運動方式本身沒有問題。

危險的是由弦眼前的畫面。

（靠、靠得這麼近，魄力與眾不同啊……）

主要是愛理沙穿著緊身褲的臀部。

由弦平常不太會看到她的臀部。

因為他很少看著愛理沙的背跟她交談，都是面對面說話的。

再說，臀部和胸部不一樣，很難將注意力放在遠比視線低的部位上。

然而，現在的狀況不同。

視線前方剛好是愛理沙帶有女人味的圓潤臀部。

況且她穿的還不是褲子或裙子，而是緊身褲。

看起來就像在凸顯她美麗的臀型。
（咦、咦……她該不會……）
由弦接著想到一個可能性。
（沒、沒有穿……？）
穿著身體線條這麼明顯的褲子，即使看得見內褲的線條也不奇怪。
乍看之下卻看不見那種東西。
搞不好裡頭什麼都沒穿。
當然，也有可能只是她穿了不容易透出來的內褲。
但這要實際觀測才能判斷。
重要的並非真實，而是可能性存在與否。
由弦發揮無謂的想像力……不小心產生一絲邪念。
他連忙瞥開視線，結果這次換成從緊身褲底下伸出的修長美腿映入眼簾。
再度移回視線，看見的則是汗涔涔的雪白背部。
看來往哪裡看都一樣「危險」。
「由弦同學……？是不是該開始了？」
「咦？喔、喔……抱歉。」
在愛理沙的催促下，由弦急忙做起運動。

他盡量不去注意愛理沙，將注意力集中在自己的肌肉上……

然後到了現在——

「呼……呼……」

由弦面前是汗水淋漓、氣喘吁吁的愛理沙。

這悖德又性感的模樣，會刺激他人的保護慾。

男性受到誘惑也是無可奈何的，由弦同樣不例外。

「那個……愛理沙，要不要休息？……我也累了。」

「……好、好的，休息吧。」

各方面都快要撐不下去的由弦向愛理沙提議。愛理沙終於同意休息。

她喘著氣撐起身體，坐在地上。

「毛巾給妳。」

「謝謝。」

愛理沙從由弦手中接過毛巾，擦拭身上的汗水。

由臉部依序擦拭頭髮、脖子、手臂、胸口、腋下。

由弦下意識地盯著愛理沙……

不經意地與她四目相交。

「腹肌……在抖動。」

愛理沙有點難受又滿足地摸著自己的腹部。

看得出緊實的腹部、美麗的細長型肚臍附近正微微抖動。

不曉得是沒有自覺，抑或刻意為之？

看見未婚妻那誘人的舉動，由弦……

「我說……愛理沙。」

緩緩接近愛理沙。

「怎麼了嗎……哇！」

她忍不住尖叫。

因為由弦把手放在她的雙肩上。

「愛理沙。」

他用力抓住她白皙的肩膀，將臉慢慢湊向她神情困惑的臉……

「可以親你嗎？」

說出無法抑制的慾望。

「咦……？親、親我……嗎？」

愛理沙聞言，驚呼出聲。

她的視線飄忽不定，大概是因為不知所措吧。
由弦卻盯著她的臉，盯著翠綠色的雙眸說：
「對……不行嗎？」
「不、不是，那、那個，呃……」
愛理沙緊張地輕觸自己的嘴唇。
接著以略顯顫抖的聲音詢問由弦。
「要、要親……嘴巴……嗎？」
「當然。」
愛理沙的肌膚在由弦回答的同時染上玫瑰色。
她害羞得扭動身體。
「一、一定要親……嘴、嘴巴嗎？」
她抬起視線，望著由弦。
距離由弦跟愛理沙的初吻，快要經過兩個星期了。
這段期間，兩人一次都沒接吻過。
雖說已經親過了，但他們並未熟練到可以隨便親第二次……
更重要的是，第一次他們就已經挺滿足的。
由弦並未產生想吻愛理沙的強烈慾望。

至於愛理沙……至少她沒有主動跟由弦說「我想接吻」。

此時由弦突然提出「接吻的要求」，讓她有些畏畏縮縮。

由弦的慾望卻因為愛理沙的這種態度而變得更加強烈。

「我想吻妳……妳會排斥嗎？」

「排、排斥……倒是不會……」

比平常積極許多的由弦，令愛理沙感到不安。

「為、為什麼……這麼突然？」

愛理沙詢問由弦。

以要求接吻來說，確實太突然了。

但那是站在愛理沙的角度來看。

「……我忍不住了。」

「忍、忍不住……」

「因為妳太有魅力……不行嗎？」

喜歡的對象在眼前展現誘人的模樣，不會湧現那種慾望的男性比較少吧。

壓抑在心底的慾望潰堤了。

「那、那個……畢竟我有流汗，肌肉鍛鍊又做到一半……那、那個，不能等到運動完嗎……？」

愛理沙懇求似的對由弦說。

自己現在滿身是汗，多少有點味道……她是這樣想的。

要是彼此湊近到接吻程度的距離，由弦當然會聞到她的汗味。

她不希望由弦覺得自己有汗臭味。

……這只是冠冕堂皇的藉口。

真正的原因，則是她想在做好心理準備的狀態下接吻。

「不能。」

「咦、咦……」

由弦的拒絕令愛理沙十分驚慌。

按照之前的發展，只要祭出「女生不想被人覺得有汗臭味」當擋箭牌，由弦就會退讓。

他會體諒女生的這點小心思。

這次他卻堅持不讓步。

「我現在就想親。」

「可、可是……那個，汗味……」

「我不介意。」

由弦邊說邊大大展開雙臂。

愛理沙在不知不覺間被他擁入懷中。

也可以說是被拘束住了。

「……不能為我努力一下嗎？」

由弦在她耳邊輕聲呢喃。

與此同時，愛理沙的背脊一陣酥麻，回過神時，她已經全身無力。

「知道了……」

愛理沙輕輕點頭。

聽見她的回答，由弦放開了她。

「……謝謝妳。」

他看著愛理沙的臉說。

她害羞地低下頭。

由弦牽起她的手，輕輕在手背上落下一吻。

愛理沙纖細白皙的肩膀顫了顫。

接著，由弦以雙手抓住那雪白的肩膀，將她的身體拉向自己。

隨即將臉湊近亞麻色的頭髮。

「那、那裡……」

在意汗味的愛理沙，稍微表現出抵抗的意思。

然而……

「有愛理沙的味道。」

說出這句話的同時，由弦親吻愛理沙的頭髮。

輕輕將髮絲含進口中。

光是這麼做，她微弱的抵抗便輕易粉碎。

「啊……啊……由、由弦同學……那、那裡……」

脖子被由弦輕輕吸吮，讓愛理沙發出甜美的聲音。

由弦一邊這麼做，一邊撫觸著愛理沙的背，讓她的身體微微顫抖。

他在她耳邊低聲詢問：

「愛理沙，其實我有個問題……」

「嗯……什麼？」

「妳為什麼要穿成這樣？」

愛理沙的身體抖了一下。

「這、這樣比較方便活動……」

「穿T恤跟短褲也行吧？」

「這、這個……呃……我想說看得見肚子，比較容易有真實感……啊嗯！」

由弦輕輕以嘴唇觸碰愛理沙的耳朵。

「老實說。」

「是、是真的喔？……一、一半是。」

「另一半呢？」

「……祕密。」

由弦聞言，不由得揚起嘴角。

他親吻愛理沙的臉頰。

把手輕放在她的下巴處，抬起她的臉。

她輕輕閉上眼睛。

兩人雙唇交疊。

數秒後……他們的嘴唇慢慢分開。

愛理沙略顯嬌羞地低著頭，詢問由弦：

「……滿足了嗎？」

「……再一下。」

由弦誠實地表示。但愛理沙用力搖頭。

接著使勁用雙手按住由弦的胸膛。

「現在不行。」

「……現在？」

「……當成運動完的獎勵如何？」

「好主意。」

之後，兩人做了一堆肌肉鍛鍊。

※

「挺累人的呢……」

「對啊……好累。」

達成目標的兩人精疲力竭地咕噥道。

時間已經到了傍晚。

做了數小時的肌肉鍛鍊，再加上到外面慢跑……兩人整個累癱了。

獎勵的親吻……他們的確很想做沒錯，卻連那個力氣都不剩。

甚至根本忘了這件事。

「由弦同學，可以借浴室沖個澡嗎？」

愛理沙客氣地詢問。由弦點了點頭。

儘管他也想把身體沖乾淨，不過愛理沙優先……女生會顧慮汗味很正常。

愛理沙向由弦道謝，走向更衣室。

進入更衣室後，她脫下運動內衣和緊身褲。

衣服和褲子都被汗水弄得濕答答的。
她走進浴室淋浴。
沖掉黏在身上的汗水。
「呼——」
愛理沙忍不住發出聲音。
接著，沖完澡的她輕觸腹部，自言自語。
「肚子已經開始痛了……」
腹部長時間暴露在外，著涼了……
並非如此。
單純是肌肉痠痛。
「不過，這樣是不是變得結實許多了……？」
愛理沙邊說邊輕輕用手指按壓自己的腹肌。
總覺得比今天早上還要硬，肚子也變平了。
當然是錯覺。
單純是還沒吃晚餐，肚子才會凹進去。
話雖如此，重要的是「有那種感覺」……也就是確實感覺到自己變瘦了。
「是說由弦同學真是的……他未免太喜歡我了吧？」

愛理沙不禁露出笑容。

她有發現由弦偶而會往她身上看。

不如說，那就是她的目的。

（拜此之賜……也親到嘴巴了。）

兩人第一次接吻，是在兩個星期前。

在那之後，愛理沙對於由弦沒有向她提出要求感到不滿。

好不容易有那個勇氣接吻。

不再多練習幾次，搞不好又會不敢親了。

然而……愛理沙不好意思主動索求。

所以她試著誘惑了一下由弦。

好讓他更加渴望自己。

而她的計畫成功了。

不過，愛理沙沒想到會在全身是汗的狀態下接吻，因此有些不知所措。

「唉，就算我再怎麼有魅力……他也太著迷了吧。」

愛理沙心情很好，使用自己專用的肥皂——由弦房間的浴室已經多了「愛理沙用」的洗髮精和沐浴乳——清洗身體。

然後突然發現——

「……哎呀？」
脖子上有一粒紅點。
她用毛巾擦拭，卻不知為何擦不掉。
是被蟲叮了嗎？
但她不痛也不癢。
愛理沙感到疑惑……
並在察覺那是什麼的瞬間，羞得面紅耳赤。

過了一會兒……
吃完以雞胸肉跟花椰菜為主的低醣晚餐後，愛理沙踏上歸途。
由弦當然陪著她。
「我說……愛理沙。」
「怎麼了？」
愛理沙以有些冰冷的聲音回應由弦。
……不知為何，做完肌肉鍛鍊後，她對由弦的態度變得很冷淡。
「妳……喜歡吃烤肉嗎？」
「咦？……這個嘛，不討厭。」

她困惑地點頭回答他突然提出的問題。
儘管經驗不多，但她當然吃過烤肉。
炭火、烤肉的香氣、偏甜的醬汁、油脂、白飯……
愛理沙想起這些詞彙，嘴裡自然而然分泌出唾液。
「你害我想吃烤肉了！」
她氣得大叫。
現在在減肥……萬萬不可以吃烤肉。
「不、不是啦……我想說減肥完要不要一起去吃……」
由弦辯解道。
獨自對抗食慾太辛苦了，要讓愛理沙也嘗嘗這種痛苦……有這樣的不良企圖是祕密。
「……你有推薦的店家嗎？」
愛理沙詢問由弦。
愛理沙的未婚夫高瀨川由弦，有點美食主義。
她知道由弦每天都會在學校附近、住處附近、車站附近發掘新店。
「雖然不便宜……但還滿好吃的。」
「那……生日請帶我去吃。」
大約一個月後，正好是愛理沙的生日。

很適合拿來當努力減肥的獎勵，為減肥生活劃下句點。

生日吃烤肉……？由弦一瞬間覺得怪怪的。可是既然壽星本人都這麼說了，他也沒有意見，於是點頭答應。

「好，就這麼做……呃，生日禮物就是烤肉，可以嗎？」

「不行，烤肉當然是各出一半。」

愛理沙斬釘截鐵地回答。

她沒有厚臉皮到讓人請她吃價值數千日圓，甚至搞不好會破萬的烤肉。

……之前求婚的時候雖然發生過類似的事，不過那是因為由弦無論如何都要請客。

「這樣啊。」

由弦則心想：「請吃烤肉當女生的生日禮物，果然太俗了嗎？」

這時，他忽然想到。

「那、那個……愛理沙，我換個話題……」

「這次又怎麼了？」

「那個……可以跟妳要獎勵的吻嗎？」

由弦小心翼翼地問。

愛理沙臉頰微微泛紅，害臊地移開視線，然後刻意清了清嗓子。

「咳，關於這個……我有話跟你說。」

「……什麼？想親其他地方之類的？」
「並、並不是！我要講正經的！」
愛理沙用力搖頭。
她像是要重振旗鼓般雙臂環胸，瞪向由弦。
「我有點……生氣，你知道為什麼嗎？」
「不知道……」
愛理沙為何生氣？
由弦一頭霧水。
他能想到的，頂多只有接吻的方式有點強硬。
然而他覺得自己已經努力按照順序進行了，重點是她看起來也不排斥。
「啊——我親得太用力了？」
「這……嗯、嗯，那個沒關係。不過……」
愛理沙輕輕撫摸自己的脖子。
由弦的視線自然地落在她的脖子上……然後終於發現——
有個像被蟲叮的紅點。
「是這個。這個……你、你要怎麼負責！」
「呃……被蟲叮了？」

「……那隻蟲還真大呢。」

愛理沙瞇眼瞪著由弦。他總算意識到……

她脖子上的痕跡是內出血。

藉由用力吸吮留下的痕跡……

也就是吻痕。

是由弦做的。

「啊……不、不是啦……我沒有那個意思……」

由弦在親愛理沙時，確實吸得有點用力。

但那只是相較於平常的力道，照理來說不可能留下吻痕。

然而，愛理沙的肌膚比一般的女生更加纖細敏感。

遭受一點刺激就會變紅。

「這次我會用ＯＫ繃遮住……」

愛理沙以手指觸摸脖子上的吻痕。

害羞歸害羞，不過想到這是她和由弦相愛的證明，感覺並不差。

「下次請先跟我說一聲。」

「……先徵得妳的允許就可以留下吻痕嗎？」

由弦反射性地回問，讓愛理沙睜大眼睛。

然後搔著臉頰。

「嗯、嗯……看我心情。如果是不會被人看見的地方……」

「不會被人看見的地方，會是很私密的部位耶……」

「那不行！」

兩人像這樣聊著聊著……

不知不覺間便走到愛理沙家前。

「那愛理沙，今天就先……」

「等一下！」

愛理沙叫住由弦。

接著稍微展開雙臂。

「呃……」

「……你還沒給我道別的抱抱。」

她害羞地說。

由弦默默點頭，大大展開雙臂。

用力抱緊愛理沙。

聞到淡淡的洗髮精香味。

數秒後，抱住愛理沙的由弦想要放開她。

她卻抓著他不放。

「愛理沙……？」

「……由弦同學。」

她抬頭看著由弦。

「……請你閉上眼睛。」

由弦依她所言，閉上眼睛。

嘴唇傳來柔軟的觸感。

「……這是給你的獎勵。」

不知何時掙脫他懷抱的愛理沙，背對著他說道。

「那、那……明天見！」

隨即略顯慌張地跑進家中。

由弦茫然地碰觸自己的嘴唇……

下意識露出微笑。

※

六月底的某天。

「要先點什麼呢……？牛舌、橫隔膜肉、牛五花……這幾個是基本款。」

「內臟類如何？」

「不錯啊。那就把這些全點一遍……啊，對了，妳敢吃生拌牛肉嗎？」

「敢吃。」

「那再點個生拌牛肉……蔬菜類呢？」

「我想點沙拉。這道沙拉和……萵苣也來一份吧。」

「是嗎。剩下就是主食了……我要牛尾湯和石鍋拌飯。妳呢？」

「……吃得完那麼多嗎？」

「兩個人一起吃就吃得完吧。」

「可是，熱量……」

「今天就別克制了。」

「……那我要冷麵。」

兩人來到燒肉店。

點完餐後沒多久，店員便送來飲料和作為小菜的泡菜。

「愛理沙，生日快樂。」

「嗯，謝謝。」

兩人輕輕碰杯。

然後開始享用送上桌的肉類。

「啊啊……好好吃……」

愛理沙摸著臉頰，幸福地說道。

儘管她平常喜歡做的是費工、精緻的家庭料理，不過這類型的料理——雖然不知道烤肉能不能算是料理——她好像也挺喜歡的。

（哎，本來就很少聽說有討厭烤肉的人……）

除非討厭吃肉，否則大部分的人都會喜歡吧。

而討厭吃肉的人不是沒有，但數量並不多。

至少跟討厭吃菜的人比起來是這樣。

「這裡的牛舌好好吃。肉很厚……」

「那要不要加點？」

「……好。」

經過片刻猶豫，愛理沙點頭贊成。

之後不只烤肉，主餐也送上來了。

兩人分食著牛尾湯、石鍋拌飯、冷麵。

「我說，愛理沙。可以加點烤大蒜嗎？」

「可以呀……為什麼要問我？」

「沒有啦……大蒜不是有味道嗎？我怕妳不喜歡……」

嘴巴有大蒜味的男友會不會被討厭？

由弦心生顧慮，詢問愛理沙。

至於愛理沙……

「完全不介意，我也會吃。」

「啊，真的嗎？」

「一起變臭吧。」

大蒜。

一起吃就不怕了。

於是，兩人毫無顧慮地加點了大蒜。

「對了，愛理沙。關於妳的生日禮物……」

「咦？啊，是。你有準備禮物嗎？」

愛理沙露出有些驚訝的表情。

光是烤肉就夠貴了——他們當然會平分餐費，不過依舊很貴——還要買禮物的話，花費的金錢有點多。

愛理沙如此認為。

因此她才委婉地告訴由弦「不送禮物也沒關係」。

「哎，不是多高級的東西就是了。」

「這……謝謝你。」

愛理沙老實地點頭。

她不會在這種時候說「可以不用準備禮物呀」。

畢竟這樣會糟蹋由弦的好意。

「不過，可以下次再給嗎？我放在家裡。」

「原來如此……可以呀。我知道了。」

為什麼要放在家裡？愛理沙一瞬間感到疑惑。然而看到眼前的白煙，她立刻想到原因。

把禮物帶到這種地方，會沾上烤肉味。

兩人順利地烤著肉，塞進胃裡。

等到由弦差不多吃飽時……

「由弦同學，請讓我看一下菜單。」

「是可以……妳還要吃嗎？」

由弦有點驚訝。

他確實吃了不少，但愛理沙也吃了非常多的量。

當然比不過身為男性的他……可是以她平常的食量來看，她應該已經吃不下了。

「沒有，我不吃了。」

「那……」

「所以我想說來點個甜點。」

不吃了，「所以」要點甜點。

這個連接詞的用法是正確的嗎？由弦有些存疑。

用「不過」才是對的吧？

「你要點嗎？」

「咦……我想想……」

「我打算點這個。」

愛理沙邊說邊讓由弦看甜點的菜單……

「那我也來一份好了……」

最後，由弦決定點甜點來吃。

吃完甜點，兩人摸著肚子離開烤肉店。

「吃得好撐……」

走出店門，愛理沙摸著肚子說。

由弦也一樣摸著自己的肚子。

……不小心吃太多了。

「……看來要重新減肥了。」

「唉、唉唷，只有今天而已，這點量不會胖那麼多啦。」

愛理沙這句話彷彿是對自己說的。

離暑假還有些時間。

只要之後也乖乖繼續減肥，以這次多吃的量來說，足夠挽回了。

兩人在聊天的過程中走到了愛理沙家前面。

「那麼由弦同學，明天見。」

「嗯，明天見。」

他們互相道別，擁抱彼此。

正想接吻之際……

「……今天先不要好了。」

「……也是。」

由弦和愛理沙想起自己剛才吃過大蒜，決定作罷。

※

「嗅嗅……愛理沙姊姊，妳身上好香耶。」

「欸……不要聞啦！」

回到家中，芽衣跑來聞愛理沙衣服上的味道。愛理沙害羞地遠離她。

接著聞起自己的衣服。

有股烤肉味。

這股味道能刺激食慾，絕對不會不好聞……撇除從人類身上傳來的這點。

「我去換衣服……家裡是不是有口腔除臭錠？」

「記得在冰箱……妳吃了有味道的食物嗎？」

「吃了點大蒜……」

「原來如此。」

愛理沙迅速回房換上居家服。

然後刷牙漱口，服用口腔除臭錠。

「雖然講這個有點那個……虧妳敢在跟男友約會時吃大蒜呢。」

「呃、是……是由弦同學說想吃的……」

「於是你們就感情很好地一起染上大蒜味呀。」
「嗯，對呀。兩個人一起吃，就等於不會臭了。」
「……哪有這種道理啦？」
愛理沙的歪理令芽衣露出苦笑。
然而，芽衣也不討厭大蒜。
吃烤肉之際，如果朋友點了大蒜，她八成也無法克制。
「看這樣子，你們感情還是很好嘍。」
「嗯、嗯……對呀。」
愛理沙臉上浮現傻笑。
芽衣心想「表情真噁心……」但姊姊過得幸福是一件好事。她便懷著守望姊姊的心情，滿意地點頭。
「那就好。愛理沙姊姊和高瀨川先生一直當一對恩愛的夫妻，也包含在我的人生計畫中，請妳繼續努力。」
「請不要把別人的戀愛寫進自己的人生計畫。」
愛理沙苦笑著說。
不過，芽衣明顯有意願繼承天城家和公司。對她而言，愛理沙能夠成為天城家和高瀨川家之間的橋梁，想必非常重要。

「我順便問一下。妳有沒有……喜歡的人？」

「咦——不知道耶？目前沒幾個有意思的男生……大家都好幼稚……」

芽衣微微聳肩。

的確，她跟同年紀的女孩比起來，顯得非常成熟（也可以說是早熟）。

考慮到男生的心智通常成熟得比女生慢一點，在芽衣眼中，同年的男生看起來全都很幼稚吧。

「那年紀比妳大的呢？」

「年紀大的啊……嗯——可是我認識的學長實在不多……至於雄二學長又是高瀨川學姊的……啊！有個很棒的對象！」

「哦……是什麼樣的人？」

「比我大四歲，藍色眼睛的男性。是某個有錢人家的貴公子……」

符合條件的人，愛理沙只認識一個。

高瀨川由弦。

芽衣奸笑著望向她。愛理沙輕聲嘆息。

「很遺憾……那個人已經有喜歡的人了。妳的戀情不會有結果的。」

愛理沙哀傷地說。

期待她會生氣或吃醋的芽衣一臉尷尬。

「別這樣……搞得像是我被甩一樣。」
「由弦同學喜歡的是胸部大的女性，妳沒希望嘍——」
「以、以後會變大的！我正值發育期喔？」
「是沒錯。但我在妳這個年紀的時候，好像更大一點……」
愛理沙挺起胸膛挑釁她。
芽衣咬牙切齒地瞪著愛理沙的胸部。
……最近是不是又變大了？
明明是親戚，表姊妹會差那麼多嗎？芽衣不太滿意自己的基因。
「結果妳喜歡的是怎樣的類型？只要不是由弦同學，我都能接受。」
「嗯——成熟溫柔的人吧……最好是可以讓我撒嬌，允許我要任性的。」
正因為會下意識逞強，故作成熟，才想找個能讓自己當個小孩的對象。
這是芽衣的希望。
「不曉得爸爸能不能幫我找個好對象？」
「……妳想相親嗎？」
「談戀愛或相親都行。不過同年齡的人應該很難找吧。」
但我也沒必要現在就著急啦。
芽衣笑著說。

她才國一而已，還有很多時間。

「我個人是覺得，還是談過戀愛再選對象比較好喔。」

「咦？但妳是靠相親的吧？」

「起因是相親沒錯……不過，我是因為喜歡由弦同學，才會跟他訂婚的。」

愛理沙的貞操觀念挺強的。

所以不會因為覺得「這個人好像不錯……」就隨便跟人交往，更遑論決定將來的伴侶。

正因為是由弦，正因為是最愛的人，她才會接受他，跟他在一起。

「確實，你們那麼恩愛，說是戀愛結婚也沒錯。」

「還沒結婚就是了。」

「『還』嗎？」

「遲早會的。」

愛理沙愉悅地說。

芽衣同樣無法想像由弦跟愛理沙分手的未來。

兩人就是進展得這麼順利。

「可是，我倒認為相親也不錯喔？」

「……是嗎？」

「嗯，以一個手段來說。實際上，妳不就靠相親找到了一個好對象？」

「是沒錯……但那只是巧合喔？畢竟有可能得跟不喜歡的人結婚……」

現在愛理沙已經知道養父並沒有逼自己結婚的意思。

不過當時她以為自己非結婚不可。

她極度不甘願，心情憂鬱。

碰巧得到由弦的幫助，才走到這一步。

要是沒有他……一思及此，她就覺得極度恐懼。

「我也不想忍耐著跟不喜歡的對象結婚。可是……如果是還不錯的人，即使稱不上完美，也可以妥協吧……」

畢竟我想當社長，總會希望選擇懂得經營的人作為另一半。

考慮到這部分，靠相親找對象是最確實的。

芽衣笑著說道。

的確，想在自由戀愛的競爭市場找到器量大到足以扶持女社長的男性，說不定有點難。

愛理沙理解了。可是……她無法接受。

「不過……我依舊覺得政治婚姻不太好……」

「是嗎？」

「結婚可是一輩子的事喔。並非指家庭不重要……但最重要的是自己吧？」

儘管她不反對保護家庭，但大前提是自己要過得幸福。

結了婚再後悔……她不想遇到這種事，也不希望妹妹淪落至此。

「我完全沒打算為家庭結婚喔？」

「……是嗎？」

「嗯。我想當社長，想變成大人物，所以要找適合達成這個目標的對象。我把自己放在第一位。」

芽衣斬釘截鐵地說。

愛理沙當場愣住，卻用力點頭。

「原來如此！我還以為妳是基於責任感在逞強……」

站在愛理沙的角度來看，表哥天城大翔靠不住，並非適任的繼承人。

不能寄望哥哥，所以我這個妹妹得加油！愛理沙有些擔心芽衣是不是基於這種使命感，才想把各種責任攬在身上。

看來是杞人憂天了。

「我看起來像那麼懂事的小孩嗎？」

「經妳這麼一說，確實不像。」

兩人大笑出聲。

芽衣看似很聽爸媽的話，其實私底下過得挺自由的。

「噢，說到政治婚姻……學姊說過，妳的小孩應該會很搶手。」

芽衣說的學姊，指的是由弦的妹妹高瀨川彩弓。

「我的小孩？我跟由弦同學的小孩嗎？是指……受歡迎的意思？」

「不是的……是『高瀨川家和雪城家的小孩，不愁沒對象』的意思。她還說外表應該也會不錯。」

用不著多說，高瀨川家是名門。

而即使不看財力，從歷史及家世來看，雪城家也足夠稱為名門。

因此八成會有很多人想跟他們的小孩結婚……是這個意思。

「小孩都還沒出生呢……以上是我的感想。千春同學……上西同學也跟我說過同樣的話。」

「這樣呀？」

「她問過我要不要讓我的小孩跟她的小孩結婚……」

「哇！還沒出生就這麼受歡迎，真令人羨慕。」

芽衣瞪大眼睛。

老實說，芽衣覺得彩弓只是在開玩笑。

因為她根本無法想像，現在這個時代只因為家世及財力就受歡迎。

「原來不是開玩笑的呀——」

「不，千春同學就是在開玩笑吧。」

「是嗎？……不過，會不會其實只有一半是開玩笑？另一半是認真的。」

「……對還沒出生的小孩？」

「哎呀……果然是開玩笑的吧。」

愛理沙和芽衣哈哈大笑。

她們沒有發現。

上西家下任當家上西千春，不會隨便開這種玩笑。

第三章　婚約對象和海水浴

兩人一起去吃烤肉的數日後——

「雖然遲了幾天。愛理沙，祝妳生日快樂。」

「謝謝。」

由弦遵守約定，將禮物交給愛理沙。

這次的禮物是護手霜。

他判斷護手霜有再多條都不嫌多。

姑且問過亞夜香她們的意見，買了評價優良的公司推出的產品。

「我會心懷感激地使用的。」

語畢……愛理沙微微歪過頭。

「對了，你的生日……是在十月吧？」

「對啊。」

「也就是說我比你大……是姊姊呢。」

不知為何，她一臉得意。

由弦不禁苦笑。

「……你那是什麼表情？」

「沒什麼。我覺得妳很可愛。」

「你在笑我嗎？」

愛理沙氣呼呼地鼓起臉頰。

連這個部分都很可愛。

「生日……禮物呀……」

由弦肯定是用自己工作——打工賺取的收入，買禮物送給愛理沙的。

而這次吃的烤肉也是花由弦打工賺的錢。

自己則是拿養父母給的零用錢。

愛理沙心想，這樣真的好嗎？

當然，跟爸媽拿零用錢的高中生絕不罕見。

不如說在現代社會，這種小孩搞不好占多數。

因此，愛理沙並未顯得特別奇怪。

只不過，總覺得……比起以零用錢買的禮物，靠自己工作賺的錢買的禮物更有心意。

至少身為平常就在收後者那種禮物的人，愛理沙不太好意思送對方前者。

（自己動手做……但我又做不了多好的東西……）

她想到可以親手製作，卻駁回了這個方案。

圍巾、手套、毛衣。

儘管有許多選項，可是每年都送這些的話，由弦的房間將會塞滿編織物。

就算是由弦，也會苦笑著說「還有去年的可以用……」吧。

（……去打工好了。）

正值愛理沙沉思之際……

「愛理沙……愛理沙？」

「咦？啊，是！你叫我嗎？」

聽見由弦的呼喚，愛理沙回過神來。

「呃，因為妳在發呆。」

「啊，對不起，我在想事情。」

「……妳有煩惱嗎？」

「對呀，但沒有很嚴重。」

「……可以跟我說喔。」

沒有很嚴重。

聽她這麼說，由弦反而更加在意了。

「咦，可是……」

想去打工看看。

愛理沙的心情只是「想試試看」罷了。

不曉得會不會真的去找打工。

況且如果可以，她想瞞著由弦偷偷打工，嚇他一跳。

不過在這種時候跟人家說「沒有很嚴重」，又不透漏任何資訊，由弦可能會覺得自己不受到信任。

「……我在煩惱生日的時候要給你什麼驚喜。」

「喔——原來如此……那就沒辦法了。」

由弦不由得苦笑。

拿驚喜的內容跟當事人商量，可說毫無意義。

他乖乖接受這個理由，不再追問。

「話說回來，快放暑假了……好不容易來得及瘦下來。」

「對啊。」

由弦摸著腹部點頭。

吃完烤肉後他也沒有鬆懈，繼續認真運動和控制飲食，因此沒有發生減肥常見的復胖現象。

至少他覺得自己的腹部比以前更加緊實。

「託妳的福。謝謝妳。」
「不會……我也是因為你陪我，才能努力到最後……」
儘管愛理沙這樣說，但由弦認為要是沒有她，就沒辦法減肥得那麼成功。
先不論運動，他的飲食能順利得到控制，必須歸功於愛理沙。
「我想報答妳，可以嗎？」
「報、報答嗎？嗯、嗯……」
「有沒有什麼希望我為妳做的？……要按摩肩膀嗎？」
「我想想。啊——不過……」
愛理沙似乎想到了什麼。
卻立刻紅著臉搖搖頭。
「不，還是算了。」
「看妳這個反應，是有希望我為妳做的事嘍？」
「沒、沒有呀……」
「該不會是接吻之類的？」
由弦半開玩笑地說。
愛理沙卻身體僵硬，當場面紅耳赤。
「你、你怎麼知道……」

「……猜中了嗎？」

由弦顯得有些驚訝。但他立刻恢復鎮定，湊近愛理沙。

「要怎樣的親法？」

「呃、呃，可、可是……」

「這種機會不常有喔？」

由弦在愛理沙耳邊輕聲說道。

不過，其實只要她提出要求，他隨時都會回應，機會要多少有多少……

「那、那……那個……」

「嗯嗯。」

「就是……那個……我想要抱抱。」

「……唔？」

抱抱。

也就是互相擁抱的行為。

但他們每天都……倒不至於每天，不過他們擁抱的頻率挺高的。

說起來，這也不是接吻。

「這樣妳就能滿足的話是無所謂……」

「等、等一下。那個……不是一般的抱抱。」

「哦……？」

由弦從來沒想過抱抱——擁抱這個行為還有分種類，不禁有些困惑。

「……想請你從後面抱住我。」

「從後面？……背後嗎？」

「是、是的。」

原來如此。與愛理沙擁抱時，他大部分都是從正面。

很少從後面抱住她。

「小事一樁。」

從背後抱跟從正面抱有差嗎？

由弦如此心想。不過對未婚妻而言，似乎不太一樣。

無論如何，愛理沙高興就好。

「要坐著抱？還是站著抱？」

「這個嘛……那……站著好了。」

愛理沙站起身。

然後慢慢背對他。

她嬌小而纖細的背部映入由弦眼簾。

「麻、麻煩你……啊！」

話還沒說完，由弦就從背後抱住她。

緩慢加重力道，雙臂繞到胸前，將愛理沙的身體拉近自己，同時讓自己的身體與她緊密貼合，緊緊擁抱她。

這個姿勢下，愛理沙雪白的耳朵剛好就在嘴巴附近。

「愛理沙。」

由弦呢喃道，感覺得出愛理沙的身體正微微顫抖。

「是、是……」

「我喜歡妳……我愛妳。」

他輕吻愛理沙的耳朵。

她全身無力。

倒向後方，將身體靠到他身上。

他慢慢讓她坐下。

親吻美麗的髮絲。

接著是臉頰，最後再次輕吻耳朵。

「這樣可以嗎？」

「……可以。」

愛理沙輕輕點頭。

然後慢慢抬頭望向上方，轉過頭。
由弦的臉映在翠綠色的眼眸中。
「……由弦同學。」
像在撒嬌。
像在要求。
愛理沙輕聲呼喚由弦的名字。
他理解了她的意圖……
溫柔親吻她的額頭。
「嗯……」
愛理沙小聲地叫出來。
聲音中參雜喜悅及些微不滿。
由弦忍不住揚起嘴角。
然後……
吻上發出不滿聲音的嘴唇。
愛理沙身體一顫。
過了大約十秒……
由弦慢慢將嘴唇移開。

接完吻的愛理沙，神情有點恍惚。
她以失去焦點的雙眼呆呆地仰望由弦。
「這樣可以嗎？」
由弦詢問愛理沙。
愛理沙紅著臉……
輕輕點了點頭。

※

「嗯，由弦同學……」
正當兩人接吻完，由弦想要放開愛理沙之際……
愛理沙輕輕揪住由弦的衣服。
「怎麼了？愛理沙。」
「那個，再一下……」
她扭扭捏捏，害羞地說。
被用這種方式請求，由弦無法反抗。
「……要再親一次嗎？」

「……」

面對由弦的問題，愛理沙一語不發……

但輕輕地點了點頭。

她抬起頭，閉上眼睛。

由弦慢慢將嘴唇湊近她的嘴唇……

嘟嘟嘟嘟！

「嗯？」

「啊，是我的手機。」

電話聲突然響起。

愛理沙連忙從口袋拿出手機。

螢幕上顯示著「橘亞夜香」。

「是亞夜香同學。我接一下電話。」

「請便。」

愛理沙先知會由弦一聲，才接起電話。

「喂。咦……方便呀。跟、跟由弦同學……？嗯、嗯，這個嘛……」

喂，妳現在方便講電話嗎？該不會在跟由弦弦約會吧？

由弦聽見這樣的幻聽。

從愛理沙的反應來看，他的幻聽似乎跟事實差不多。
「好的，嗯。問我有沒有空嗎？那個……等我一下。那天……」
亞夜香似乎在詢問愛理沙的行程。
大概是要約她出去玩吧。
此時，由弦忽然發現。
愛理沙正坐在自己的腿上講電話。
「是的，那天有空……啊！」
他試著撫摸愛理沙的後頸，她小聲叫了出來。
聲音有點色情。
「沒、沒有……問、問題。是的，兩天都有空……嗯，所、所以，要、要去哪裡……？啊嗚……」
由弦覺得有點有趣，一下輕戳愛理沙的側腹，一下撫摸她的頭髮。
在他輕輕撫摸大腿的時候……被愛理沙瞪了。
不過，他往一邊的耳朵吹氣，愛理沙就發出放鬆的聲音，眼神不再銳利。
「原、原來如此……嗯……我、我要去。嗚，咦？啊……還、還要約由弦同學？好、好的。下、下次我見到他……會問問看……沒、沒有呀？怎、怎麼會……嗯……」
愛理沙邊說邊回頭望向由弦。

表情既憤怒又困擾。

由弦稍微伸出手……

愛理沙表現出略顯猶豫的態度，將手機遞給由弦。

「您好，我是愛理沙的未婚夫高瀨川。」

『我說，可以不要做跟薄本劇情一樣的事嗎？』

亞夜香大笑著說。

由弦也跟著笑出來。

愛理沙則害羞地縮在由弦腿上。

好可愛。

「唉唷，誰教愛理沙太好玩……痛……」

『怎麼了？』

「沒事……」

由弦的視線微微下移。

只見愛理沙用手指捏住由弦的腳，小力拉扯。

有點痛。

『你們還在玩啊？算了，我直接講正題。我們剛剛在討論要不要去海邊玩兩天一夜。我家不是有棟別墅嗎？就去那裡。』

「喔——國中時去過的。」

『對對對。』

『目前有我和小千春、宗一郎。而小天香和良善寺同學那邊由小千春和宗一郎去問了……』

『她說她會來。』

『他說他會來。』

『他們說會來。』

後面傳來千春和宗一郎的聲音。

從這段對話判斷，現在沒說要參加的只有由弦一個。

「日期呢？」

亞夜香馬上回答。

幸好那天有空。

由弦回答後……

『那就加你一個嘍。基本上必需品會由我這邊準備……啊！』

「怎麼了？」

『嗯，沒、沒事。那、那個……對、對了，泳裝，要帶泳裝……啊！還、還有，我們在想，叫、叫大家各帶一部……可、可以一起看的電影……嗯嗯！』

對話中不時混入了嬌喘。
後面還傳來男女的輕笑聲。
『先、先這樣，我之後再聯絡你！再、再見！』
亞夜香略顯強硬地掛斷電話。
「……講完了嗎？」
愛理沙有點害臊地撥弄頭髮，詢問由弦。
他點點頭。
「嗯，講完嘍。對了……」
「請說。」
「要繼續嗎？」
他詢問愛理沙。結果……
「今、今天……不用了。」
被拒絕了。
由弦聳了聳肩膀。

※

無垠的天空、蔚藍的大海、雪白的沙灘。

由弦站在豔陽下。

「他們家真是擁有一個好地方呢。」

他穿著泳裝——只有一件泳褲——感嘆道。

此處是由弦的青梅竹馬——橘亞夜香家的私人海灘。

附近還有別墅。

由弦和愛理沙一同受到邀請，來到這裡玩。

「老實說……我不喜歡海。」

佐竹宗一郎咕噥道。

他當然也是受到亞夜香的邀請而來的。

「為什麼不喜歡？」

同樣身為由弦朋友的良善寺聖詢問宗一郎。

宗一郎輕輕聳肩。

「身體會被沙子弄髒、髮質會受損、水又鹹鹹的，萬一溺水就糟了……去游泳池不是比較好嗎？」

「那你幹嘛來？」

「……亞夜香和千春都來了，我總不能缺席吧？」

宗一郎帶著有點複雜的表情回答聖。

恐怕是被青梅竹馬他們強硬地說服了。

「況且我只是不喜歡而已，絕對稱不上討厭……跟朋友一起來的話，倒也不是不行。」

宗一郎有些害臊地說。

他應該是不喜歡海，但喜歡跟朋友一起玩。

然而他害臊的一面，對由弦跟聖來說一點都不重要。

是以兩人的反應有點奇妙。

「是說由弦，你……練得不錯嘛。」

宗一郎大概是隱約感受到氣氛變得尷尬，於是改變話題。

由弦沒能瞬間理解這句話是什麼意思，但馬上就想到八成是在指他的「身材」。

「對喔……你不是說你胖了嗎？」

「對啊，所以我減肥了……超累的。」

由弦回答聖的問題，腹肌稍微用力。

之前囤積了多餘的脂肪，現在則整個瘦下來了。

「哦……有控制飲食？」

「用高麗菜絲和花椰菜代替白飯……」

「……虧你撐得住。」

「與其說撐住，不如說是被愛理沙管理……」

「「噢……」」

這傢伙果然被女友騎到頭上了。

宗一郎和聖帶著略顯傻眼的表情注視由弦。

「……女生好慢喔。」

由弦碎碎念了句，以轉移話題。

宗一郎和聖點頭附和。

「真的。」

「反正八成是在聊天吧。」

就在這時……

「哎呀，抱歉。不小心花上太多時間了。」

聽見精力十足的聲音。

他們望向聲音來源，只見亞夜香正對這邊揮手。

愛理沙、千春、天香也在後面。

「都是因為天香同學太任性，才會這麼慢啦。」

「……別把責任推到別人身上。」

千春一臉無奈，天香則有點生氣。

看來她們起了些爭執。

「久等了，由弦同學。」

愛理沙微笑著站在由弦面前。

她已經換上泳裝……的樣子。

之所以無法斷定，是因為外面穿著防曬衣。

連前面都包得緊緊的，看不見最關鍵的泳裝。

「不會……我們也沒等多久，對吧？」

由弦詢問宗一郎和聖。

兩人用力點頭。

「嗯，真的。」

「女生比男生花的時間多一些很正常。」

在這種情況下回答「超久的」、「慢死了」，將會跟四位女性為敵。

由弦、宗一郎和聖都明白這個道理。

「哎呀，衣服我們很快就換完了喔？只是因為小天香說她不想穿泳裝……」

由弦等人的視線自然而然地集中到天香身上。

她上半身是防曬衣，下半身是海灘褲。

底下恐怕穿著泳裝……

包得比愛理沙還緊。
「不是不想穿。只是……這種事要一步步慢慢來。」
看來她們晚到的原因，在於亞夜香和千春試圖突破天香的防禦。
「是喔……那妳放得開之後，會脫嗎？」
「……別用這種說法。」
亞夜香和天香又開始鬥嘴。
由弦則在旁邊觀察她們的服裝……發現一件有趣的事。
（看得出每個人的個性跟喜好呢。雖然這也是理所當然的。）
天香用防曬衣和海灘褲遮住肌膚。
愛理沙只穿了防曬衣，下半身沒有遮住……上半身卻包得很緊。
千春只有稍微把防曬衣披在身上。
可以清楚望見她穿著荷葉邊的比基尼。
看得出她喜歡有荷葉邊的可愛泳裝。
對於露出肌膚一事，應該也不像愛理沙和天香那麼害羞。
亞夜香只穿了紫色的比基尼。
沒穿防曬衣那種遮住肌膚的衣服。
毫無羞恥心……不如說是對自己的身材有自信吧。

……否則不會選紫色的比基尼。

「好了啦，天香同學等等再脫……現在要做什麼？」

「……先暫時自由行動？畢竟每個人習慣水的速度也不一樣。」

愛理沙瞄了由弦一眼。

她好像有事找由弦。

「啊——嗯，說得對。那……暫定一小時後集合吧……屆時小天香應該也敢脫了。」

「就叫妳別用那種說法……！」

天香才剛抗議，亞夜香便帶著千春和宗一郎離開了。

「我們也走吧，愛理沙。」

「好的。」

由弦牽起愛理沙的手離去。

然後……

「……要做什麼？」

「要做什麼呢……」

剩下聖和天香留在原地。

※

「那麼愛理沙……我們要做什麼？」

「這個嘛，在這邊的話……啊——不行，去那塊石頭後面吧。」

愛理沙指向一塊大岩石。

同時輕輕勾住由弦的手臂。

由弦的手臂傳來柔軟的觸感。

「……妳要做什麼？」

「……有件事想麻煩你。」

愛理沙的回答令由弦的心跳有點加快。

夏天、泳裝、兩人獨處才能做的事……綜合以上的要素，由弦也有些頭緒。

「這邊應該不會被其他人看見……」

「要做什麼？」

由弦壓抑著急躁的心情，詢問愛理沙。

臉頰微微泛紅的她點了點頭。

「……其實如果我能自己來就好了。但一個人有難度。」

愛理沙一邊說著……

一邊把手伸進她帶來的包包翻找。

拿出一個小瓶子。

裡面裝著某種液體。

「防曬乳嗎？」

「是、是的……身為情侶，那個……這麼做很正常吧？」

她將裝著防曬乳的瓶子塞給由弦。

「正常……怎麼做才叫正常？」

由弦笑著詢問。愛理沙害羞地移開視線。

「討、討厭……別鬧我了啦。」

「呃，妳不講清楚……我不知道嘛。」

「……真是的。」

愛理沙豎起眉毛，露出半開玩笑半埋怨的表情……

紅著臉說道：

「我的手……碰不到背，請你幫我塗。」

由弦睜大眼睛，想了一下後用力點頭。

「知道了。」

「……謝謝你。」

愛理沙也點點頭。

接著……

「那、那個……由弦同學。」

「呃……怎麼了？」

「我、我脫不掉。」

她突然這麼說。

儘管起初由弦還在疑惑，愛理沙該不會是現在才突然難為情……

「那個……可以麻煩你嗎？」

見她抬起視線看著由弦，他才終於發現。

她想叫他幫忙脫衣服。

「妳、妳……變得真大膽呀。」

由弦的視線自然而然地飄到愛理沙身上。

防曬衣有點長，連下半身的泳裝都徹底遮住。

然而，雪白的長腿和大腿依舊暴露在外。

儘管上半身完全遮住了……

胸部卻明顯隆起，感覺得出底下有豐滿的果實。

在這之下藏著愛理沙美麗的身體。

……當然不是全裸，因為她穿著泳裝。

「我、我不知道喔。」

聽見由弦這句話，愛理沙害羞地別過頭。

他慢慢接近她。

「那我要脫嘍。」

「……好的。」

由弦捏住愛理沙穿的防曬衣拉鍊。

然後慢慢往下拉。

先看到的是鎖骨。

接著是美麗白皙的胸口。

被泳裝包住的碩大果實。

接著是平坦的腹部、可愛的肚臍。

最後出現三角形的布料。

「……那個，請拉到最後。」

「好。」

由弦點頭，繼續將防曬衣自肩膀脫下來。
愛理沙的肩膀既纖細又白皙……還微微泛紅。
「那個，由弦同學……」
她將雙手背到身後，由下往上看著由弦。
「很適合妳，很好看喔。」
「……怎樣的好看法？」
「……性感吧？」
愛理沙這次的泳裝，是紅色的三角比基尼。
款式很簡單，沒有蕾絲那種遮住身體的裝飾，只有小小的緞帶。
綁帶比基尼，也就是所謂的繩式比基尼……布料有點少。
以愛理沙來說相當大膽。
紅色的比基尼襯托出愛理沙雪白的肌膚，增添了幾分性感氣息。
以性感形容再貼切不過了。
「什、什麼性感？哪有……」
愛理沙有點害羞地用雙手遮住身體。
她的臉變得跟泳裝一樣紅，看起來卻不反感。
反而很高興的樣子。

「……我之前就在想——」

「……什麼事？」

「妳的服裝品味……還滿大膽的。」

這次是紅色，之前是黑色。

兩件都是比基尼，大膽得跟愛理沙的性格成對比。

不只泳裝。總覺得愛理沙意外地……

經常穿會強調身體線條的便服。

「別、別這樣……照你這個說法……好像那是我的興趣一樣。」

「不是嗎？」

「才、才不是！」

由弦半是調侃地回問。愛理沙則以略顯憤怒的語氣反駁。

「我只是認為……這種風格或許比較適合我。」

「嗯，的確。妳……比起可愛，更接近漂亮。相較於孩子氣的打扮，更適合成熟的風格。」

說起來，愛理沙可是擁有曼妙身材。

不善用這個長處太浪費了。

「不過……妳是不是覺得被人看的感覺挺不錯的？」

畢竟由弦也是會練肌肉的人，苦心鍛鍊的好身材受到他人稱讚……感覺並不差。

儘管愛理沙是女性，搞不好與身為男性的由弦有著截然不同的感受……

但多少應該會有優越感吧？由弦詢問愛理沙。

「怎、怎麼可能！……只會覺得害羞而已。」

「那……」

「這次我有帶海灘裙來。」

「真是太好了。」

由弦稍微放心了些。

因為他認為這件泳裝的布料面積，好像比「標準」還要少。

尤其是遮蔽下半身的部分特別大膽。

妳竟然想讓其他男人——雖說是朋友——看見這副模樣嗎……

由弦心裡並非完全沒有這種想法。

「上面穿件防曬衣吧。」

「好、好的……前提是亞夜香同學和千春同學允許。」

的確，那兩個人感覺會囉哩囉嗦的。由弦苦笑著心想。

不過，仍有交涉的餘地。

只要在之後提議「男女分開來行動」即可。

女性互相秀身材倒不成問題。
雖然不知道愛理沙是怎麼想的。
「話說回來……愛理沙，被我看到……感覺如何？」
「咦？」
被由弦這麼一問，愛理沙發出錯愕的聲音。
「不、不可以……保密嗎？」
「不行。」
由弦逼近愛理沙。
隨即抓住她纖細的肩膀。
大概是距離太近，她覺得害羞吧，只見她的視線在由弦的下半身、胸膛、臉部間來回移動。
「被、被你看我很害羞……可是……」
「可是……？」
「同、同時也很高興。還要……再說下去嗎？」
愛理沙求饒般地對由弦說道。
這樣會讓他更想對她使壞……然而要是欺負她欺負得太過頭，害她鬧脾氣就糟了。
「是嗎？妳很誠實……真了不起。」

由弦伸手撫摸愛理沙的頭。
愛理沙瞬間舒服得瞇起眼睛……卻立刻回過神來，抬頭望著由弦。
然後瞇眼瞪著他。
「你……挺高高在上的嘛？」
她似乎有些生氣。
由弦忍不住莞爾一笑。
「愛理沙。」
「咦，等等……」
他輕輕將她拉向自己。
嘴唇緩緩湊近。
愛理沙閉上眼，主動抬起下巴。
彷彿叫他親吻嘴唇。
他在她的額頭上輕輕落下一吻。
「啊……」
愛理沙的語氣既開心，又有點遺憾。
「親嘴巴比較好？」
「……並沒有。」

她別過頭，或許是在掩飾害羞吧。

由弦以手指輕戳她的臉頰。

「……好了，愛理沙。」

「……幹嘛？」

他對一臉「我不太高興喔？」的愛理沙說：

「差不多……該塗防曬油了吧。」

聞言，她睜大眼睛……

瞬間滿臉通紅。

※

「差不多……該塗防曬油了吧。」

由弦有點緊張地說。愛理沙紅著臉，輕輕點頭。

她從包包裡拿出墊子。

「那、那個……鋪個墊子吧。」

她在沙灘上鋪好墊子，坐到上面。

是所謂的鴨子坐。

「……唔。」

由弦下意識發出聲音。

他原本就知道愛理沙擁有傲人身材，也知道穿上性感比基尼，會讓她的魅力提升數倍。

但由弦剛才看見的，只有愛理沙的「正面」。

（……愛理沙有發現嗎？）

看著很難說有被泳裝覆蓋住的臀部，由弦如此心想。

泳褲穿在雪白的豐滿臀部上，顯得非常緊繃。

「……由弦同學？」

「啊——沒事，我只是看呆了。」

聽見愛理沙的呼喚，他急忙將視線移到她的背上。

總覺得看見了不該看的東西。

「討、討厭……別講這種話……」

愛理沙則害臊地說。

不曉得她有沒有發現？似乎是沒有。

若她發現了，理應會再遮掩一下。

「總、總之，可以開始塗了嗎？」

要是不快點塗完，理智會撐不住的。

由弦下達判斷，向愛理沙提議。

「啊……請等一下。」

「……怎麼了？」

「呃，那個……」

有點結巴的愛理沙，慢慢將手繞到背後。

然後拎起位於脖子及背後的繩子。

由弦的血液加快流動。

「電影和電視劇裡面……常看到這種情節，對不對？」

她輕輕一拉。

解開繩子。

「這、這樣，你也……比較好塗吧？」

「對、對啊……」

由弦姑且附和了一句。

然而，他的真心話是「沒什麼差吧」。

有沒有解開繩子，愛理沙雪白背部的面積都不會有太大變化。

這行為毫無意義。

神奇的是，由弦的心臟卻跳得非常快。

「那麼……那、那個……由弦同學，再次……麻煩你了。」

「好，我知道了。」

由弦點頭將防曬乳液擠在手掌上，稍微抹開。

接著望向眼前的未婚妻……的肩膀。

光滑白皙的肌膚。

毫無防備地暴露在陽光下。

倘若曬傷，肯定會很嚴重。

守護她的肌膚，正是由弦的使命……

一思及此，他便有種背負重大責任的感覺。

不能隨便亂塗。

他緊張地把手放到愛理沙肩上。

「啊！」

「哇！」

她突然發出異常嫵媚的叫聲。

由弦的血流變得更快了。

「怎、怎麼了？」

「對、對不起……你的手好冰，我嚇了一跳。」

「是、是嗎……嗯，下次我會先跟妳說一聲的……那我要繼續嘍。」

「好的。」

由弦再次碰觸愛理沙的肩膀。

她身體一顫。

由於她的肌膚光滑柔嫩，半顆青春痘或腫包都沒有。

由弦也塗得很順。

手掌從肩膀移動到背部，從背部移動到腰部。

然而……

「啊……好、好癢……」

「抱、抱歉。」

愛理沙不時會伴隨性感的聲音扭動身軀。

每次都會令由弦心跳加速，逐漸消磨他的理智。

與此同時……他心中浮現一個疑惑。

「……愛理沙，我問妳。」

「啊嗯……怎麼了？」

「妳該不會是故意的吧？」

「……你說什麼？」

她隔了幾秒才回答。
由弦確定了。
她是故意的。
（……也是啦，提出這個要求的人正是愛理沙嘛。）
她本來就打算這麼做，才會拜託他幫忙塗防曬油。
他被她耍得團團轉。
雖然被最愛的未婚妻耍著玩，由弦毫不排斥。
不過要是一直被她耍著玩，身為未婚夫依舊會有些不愉快。
「哎呀，是錯覺就好。」
由弦把手滑向愛理沙的臀部。
「唔……」
不曉得是因為刺激來得太過突然，抑或有意為之……
她輕聲呻吟。
「……愛理沙，妳還好嗎？」
「是的……我沒事。」
她若無其事──裝作若無其事地回答。
由弦也默默地塗抹防曬乳。

（……要是曬黑就糟了。）

他在內心辯解，把手伸向下方。

碰到大腿和大腿內側時，愛理沙嫌癢似的小聲喘息。

不知不覺間，她的肌膚變得有點紅。

「……謝謝你，可以了。」

不知道是判斷塗夠了，還是受不了……

愛理沙在塗完腳趾之際說道。

「……前面我自己塗。可以請你面向那邊嗎？」

「喔、喔……」

儘管有點遺憾，由弦依舊乖乖面向後方。

過沒多久，他回頭一看，只見穿好泳裝的愛理沙站在眼前。

皮膚因為防曬乳而散發光澤。

「那、那……差不多該去玩了。」

由弦稍微瞥開視線……但愛理沙搖搖頭。

臉上浮現淺笑。

「由弦同學……你還沒塗，不是嗎？」

「由弦同學……你還沒塗，不是嗎？」

愛理沙的這句話，害由弦心臟用力跳了一下。

他懷著惋惜的心情搖頭。

「我已經塗了……」

其實他自己塗過了。

背部則是請宗一郎和聖塗的。

愛理沙聽了卻搖搖頭。

「沒人規定不能塗兩次喲？」

「是這樣沒錯……」

「還是說……你不喜歡？」

愛理沙帶著有點哀傷的表情說道。雖然分不出是真心話或演技，不過看到那種表情，由弦只得答應。

「……好啦。」

他背對著她，接著身後便傳來把防曬乳擠到手上的聲音……

「那我要塗嘍。」

冰涼的觸感隨著這句話從背後傳來。

愛理沙慢慢在由弦背上抹開防曬乳。

「又寬又硬……有點凹凸不平呢。」

她將防曬乳塗抹在背部、肩膀、脖子上。

然後……

「哇！愛、愛理沙……？」

「前面……也要塗呢。」

愛理沙抱著由弦的背說。

雙手繞到由弦的正面。

「不、不用了……前面我自己來……不如說已經塗過了……」

「……不行嗎？」

他的耳邊傳來哀傷的聲音。

聽見她那樣表示，他只得點頭。

「好啦……」

「謝謝你。」

愛理沙不停撫摸由弦的胸膛。

「這裡也好寬好厚實，跟我……截然不同。」

「……我說呀，愛理沙。」

「怎麼了？」

「有必要貼得那麼緊嗎？」

愛理沙緊貼著由弦的背部。

雖說隔著泳裝，但她柔軟的胸部，必然會與由弦的背部密切貼合。

「不然我摸不到……不是故意的喔？」

「……是嗎？我看妳一直動來動去。」

愛理沙在動手的同時，身體也沒有停下。

柔軟的物體隨著她的動作，在由弦背上移動。

「……不是故意的喔？」

愛理沙堅持自己不是故意的，卻沒什麼說服力。

「……真的？」

由弦再次詢問。

「如果是故意的……不行嗎？」

結果她直接承認。

面對這個問題……

「不會不行……」

「那不就好了？」

「……」

由弦有種講不贏愛理沙的感覺，繼續讓她塗抹防曬乳。

「呼……塗完了。」

將防曬乳抹遍全身上下後，愛理沙放開了由弦。

由弦起身面向愛理沙。

布料面積極小的泳裝，被防曬乳弄得濕答答的。

這是她貼在由弦背上的證據。

「……對了，愛理沙。」

「……什麼事？」

「我還沒幫妳塗前面。」

由弦懷著要報復她的心態，對她說道。

她紅著臉搖搖頭。

「沒、沒關係……前面我自己塗過了……」

「我的前面和後面也都自己塗過啦……再說，沒有不能塗兩次的理由吧？」

至少愛理沙就是用這個理由逼由弦就範的。

「已經塗過了」不管用。

他的前面被塗過了，她也要才公平。

「那麼愛理沙，我們去那邊坐吧。」
由弦笑咪咪地把手放在愛理沙肩上。
強行壓著她坐下。不過……
「別、別塗防曬乳了。快點去玩吧！」
愛理沙甩開由弦的手跑掉了
他連忙追在她後面。
「喂，愛理沙！站住！」
「不甘心的話就來抓我呀！」
兩人玩起了鬼抓人。

※

「由弦同學！」
愛理沙「咚」一聲地將球打向空中。
同時胸部也上下晃動。
注意力渙散的由弦，漏接了飛向自己的球。
「啊——抱歉，愛理沙。」

抱歉、抱歉。

他用手刀敲著頭道歉。

愛理沙則生氣地皺起眉頭。

「由弦同學！請你專心看球，不要盯胸部！」

「遵、遵命。」

被發現了。

玩完鬼抓人？的由弦和愛理沙，接著在海裡玩起沙灘球。

水面位於腰部上方一點的位置。

在岸邊玩會沒有去海邊的感覺。

可是太深的地方又有危險——尤其是對不太會游泳的愛理沙來說。

由弦傻笑著道歉，撿起地上的沙灘球。

愛理沙扠著腰，開始說教。

「真是的，請你再認真一點……好吧，這樣講也很奇怪……」

認真玩球。

聽起來真奇怪。愛理沙吐槽自己說的話。

「比起玩球，你更喜歡看我的胸部嗎？」

好好陪我玩嘛。

她的這句話，蘊含這樣的言外之意。

而由弦下意識搔著臉頰。

「哎呀……比起球，我更喜歡妳，這不是當然的嗎？」

「什麼……」

由弦的話語令愛理沙滿臉通紅。

因為喜歡妳。

愛理沙聽了，自然無法強勢地回嘴。

「我、我換個問法。比起跟我一起玩，你更喜歡看我的胸部嗎？」

我不會被你糊弄過去的。

愛理沙彷彿如此表示，質問由弦。

他則抱著胳膊，陷入沉思。

「唔、唔……」

「不、不用煩惱得那麼認真……」

我有一半是開玩笑的……

愛理沙有些愧疚。

「我只是覺得如果能兩者一起享用就太棒了。」

「又不是咖哩豬排飯。」

「這句話回得不錯喔。」

由弦笑著說道。愛理沙輕聲嘆息。

「由弦同學……看中的果然是我的身體。」

「哪、哪有？怎麼會……」

「我的內在根本無所謂，你喜歡的是我的臉和身體。我想也是。像我這種人……」

「愛理沙！」

由弦抓住愛理沙纖細的肩膀。

她的身體一顫。

「我喜歡……妳那努力、貼心、溫柔、有點固執的個性……我不否認妳的身體很有魅力，不過那也是因為我喜歡妳，才會這麼覺得。」

並非因為身體才喜歡愛理沙。

而是因為喜歡愛理沙，才會喜歡她的身體。

由弦如此表示。

愛理沙睜大眼睛……

「呵……」

小聲地笑出來。

「……愛理沙？」

「對、對不起。剛才那句話……是開玩笑的。呵呵……」

謝謝你熱情的告白。

她笑著說道……他終於發現——

自己被耍了。

「啊——收回前言。說不定我只是喜歡妳的身體而已。」

「無論如何，都是喜歡我吧？」

愛理沙雙臂環胸。

胸部自然而然地被撐起，凸顯出來。

「這、這個……好吧，是沒錯……」

由弦的視線不由得飄向她的胸部。

無法抵抗。

但總有種被人玩弄於股掌之間的感覺，不太愉快。

他至少想回敬幾句。

「那妳……是怎麼想的？」

「……你說什麼？」

「我的身體。我還沒問妳的感想呢。」

由弦扠著腰詢問愛理沙。
腹部稍微施力，讓腹肌浮現。
「咦？那個……練得非常好？比以前還要……那個……壯觀。」
「喜歡嗎？」
「要、要說喜歡還是討厭，當然是喜歡……」
愛理沙有點羞澀地瞥開視線。
由弦因為她這個動作產生了自信，牽起她白皙的手。
讓她摸自己的腹部。
「好硬……不愧是有練過的。」
「我也可以碰妳的肚子嗎？」
「……可以呀。」
由弦把手伸向愛理沙的腹部。
她的肚子縮了起來。
隱約浮現白色的直線。
他沿著那條線撫摸。
那裡長著富有彈性的肌肉。
與由弦（男性）的肌肉不同，是柔軟的愛理沙（女性）的肌肉。

「好美。」

「啊嗯……」

他的手指搔弄她漂亮的肚臍。

她癢得扭動身體，卻沒有抵抗。

「這裡好細。」

「嗚咿……是、是的。我很自豪……」

似乎搔側腹搔得太過頭了。愛理沙像是在抗議似的，以翡翠色眼眸望向由弦。

他展開雙臂以掩飾玩心，抱住她。

然後沿著她的背部、脖子、背脊至尾椎撫摸。

「嗯啊……」

愛理沙小聲喘息，靠到由弦身上，一副全身無力的模樣。

「你的心臟跳得好快。」

接著將耳朵貼在他的胸膛上，放鬆地閉上眼。

「因為妳太有魅力了。」

由弦如此回答。愛理沙靦腆一笑。

她抓住他的手，放在自己的胸口上。

感覺得到柔軟的觸感及溫度。

以及撲通跳動的心臟。

「我也是。」

「……愛理沙。」

由弦忍不住抱緊愛理沙。

「……是。」

愛理沙也用雙手抱住由弦，接受他的擁抱。

兩人互相確認彼此身體的差異。

「愛理沙……看這邊。」

「好的……嗯！」

由弦吻上抬頭看著自己的愛理沙嘴唇，堵住它。

蜻蜓點水的吻。

平常應該只會止於這個階段。

然而……

「嗯，啊……」

嬌豔的喘息聲自愛理沙的雙唇流瀉而出。

因為由弦小力吸了一下她的嘴唇。

他像是要確認她的唇形般，動著自己的嘴唇。

她因為他的舉止而發出喘息。
由弦以舌頭輕輕碰觸愛理沙的嘴唇。
她立刻劇烈顫抖。
由弦卻使勁抱緊她，不准她抵抗。
愛理沙的嘴唇和口腔的交界處。
舌頭輕輕在那裡伸進伸出。
她不停顫動身體。
「嗯，呼……」
由弦的嘴唇慢慢離開。
愛理沙發出安心，卻帶著一絲不捨的聲音。
「這、這次……」
她用手背擦拭嘴角，抬頭看著由弦。
「還真熱情呢。」
那副表情分不出是在凝視抑或瞪視他。
「不喜歡嗎？」
愛理沙……
「……不會不喜歡。」

害羞卻明白地回答。

※

「……說起來也快要中午了。」

「對啊。」

聽見愛理沙這句話，由弦望向手錶——防水的——確認時間。

十一點半。

快到亞夜香指定的午餐時間了。

「記得她說午餐要吃ＢＢＱ？」

「對啊。負責午餐的……是亞夜香、千春和宗一郎吧。」

這次的海水浴，每個人都要攜帶自己負責準備的東西——例如食材。

亞夜香帶肉，千春帶蔬菜，宗一郎帶海鮮。

「……希望是正常的食物。」

考慮到他們三個的個性——尤其是亞夜香——有可能出現「地雷」。

「再、再怎麼說都是能吃的食物吧……？」

看來愛理沙也覺得他們會帶「奇怪的東西」。

話雖如此，倘若他們帶了真的不能吃的東西或少數人才會吃的東西來，結果沒有任何人碰……肯定很尷尬。

他們三人照理說不會不明白，至少會帶能吃的食材……由弦和愛理沙想要這麼相信。

「總之先去集合吧。要是遲到，感覺又會被念。」

「說得也是。」

兩人從海裡上來——待愛理沙穿上防曬衣等衣物後——前往集合地點。

走了一段時間……

「……說曹操曹操到。」

「機會難得，跟她們一起走吧。」

兩人發現亞夜香和千春。

由弦和愛理沙正想呼喚她們……

「……氣氛是不是怪怪的？」

「……對啊。」

他們反射性地躲到岩石後面。

然後探出頭來，豎起耳朵偷聽。

「有什麼關係呢，亞夜香同學？」

「呃、呃，可是……在這種地方實在……」

「別擔心，沒有其他人啦。」

「不過，我、我有宗一郎……」

「這種事跟我沒關係……對不對？」

「別、別這樣……啊……」

由弦和愛理沙默默退後……

逃離現場。

「對、對我們而言，那個世界還太早了……」

「……我們還是小孩子啊。」

※

抵達集合地點時，聖、天香、宗一郎三人已經在那裡等待其他人了。

宗一郎詢問由弦跟愛理沙：

「你們有看見亞夜香和千春嗎？」

「沒、沒有……」
「什麼都沒看見。」
兩人這麼回答。宗一郎微微聳肩。
「是嗎……算了，反正八成是在哪幽會……」
叫人別遲到的傢伙最愛遲到……
宗一郎嘆了口氣。
五分鐘後。
兩名少女自沙灘上跑來。
「對不起！」
「哎呀——有點遲到了。」
她們看起來毫不愧疚。
接著望向設置好的ＢＢＱ套組。
「大家幫忙把器材擺好了呀。」
「是三個男生弄的。」
天香回答亞夜香。
由於站在這邊等待的期間也沒事做，由弦、宗一郎、聖三人已經將器材設置完畢。
只要放上食材，點燃木炭，便能開始烤肉。

「好，剩下食材……她們兩個也來了。拿出來吧。」

宗一郎打開他帶來的保冷箱。

將裝在塑膠袋裡的食材一個個拿出來。

「總之……蝦子、扇貝、烏賊、蛤蜊、海螺、竹筴魚，這些是基本款。我最推薦的是螃蟹和岩牡蠣。」

宗一郎帶來的食材比想像中更正常。

包含由弦在內的四人鬆了口氣。

這種就好，這種就好。

就是要選這些。

「沒想到這麼普通。」

「嗯。其實我本來想帶醃鯡魚罐頭來……最後決定克制。」

「真了不起，好棒好棒。」

聖撫摸宗一郎的頭。

宗一郎說著「被男人摸頭一點都不高興」，拍掉他的手。

「那下一個換我了。」

千春打開她帶來的保冷箱。

然後取出裝在塑膠袋裡——看似事先切好的蔬菜。

「當季蔬菜是從當地寄來的。玉米、馬鈴薯、洋蔥、番茄、高麗菜、大蒜，這些是基本款。菇類我帶了香菇和杏鮑菇，以及九條蔥、賀茂茄子、伏見辣椒……這三種是我個人推薦的。」

還帶了收尾用的炒麵喲。

千春如是說。

比想像中更正常。

尤其是帶了京都的蔬菜彰顯獨特性，加了不少分數。

「直到今天我都還在煩惱要不要帶榴槤當甜點，最後決定放棄。」

「真了不起，好棒好棒。」

「多誇我幾句！」

「喂，別抱住我！」

千春把臉埋進天香的胸部。亞夜香無視兩人，將保冷箱放到沙灘上，表示輪到自己了。

「我帶了珍藏好料過來。」

這句話令由弦和愛理沙面面相覷。

有股不祥的預感。

亞夜香則面不改色地拿出食材。看起來通通都先處理過了，烤熟就能吃。

「牛肉有牛五花、牛舌、內臟。豬肉是松阪豬。雞肉有鹽味和醬燒兩種口味。還有羊肉。」

比想像中更正常嘛。

由弦鬆了口氣，卻又有些遺憾。

……亞夜香卻繼續拿出食材。

「然後，這是鹿肉。」

「……鹿？」

「還有兔子跟雉雞。」

他感覺到氣氛變了。

「這是鱷魚！」

「鱷魚！」

愛理沙驚呼出聲。

……眼睛有點發亮。

「這個很厲害喔，是熊掌！」

「喂，好猛喔。」

聖半是傻眼，半是驚訝地說。

「最後是青蛙。」

「青、青蛙……」

天香一臉嫌惡。

她似乎不想吃。

愛理沙則好奇地看著青蛙。

至少她會吃的樣子，不用擔心剩下來。

（我也敢吃青蛙……亞夜香既然帶了這東西，應該也敢吃才對。）

由弦以前去中國旅行之際吃過青蛙。

到國外旅行，多少有機會吃到這類型的食材。

有些日本餐廳也會提供。

一輩子總會吃過一次，除非是沒吃過就排斥的人。

「不愧是亞夜香……！」

「酷斃了，令人崇拜！」

「哼哼，多誇我幾句吧！」

宗一郎和千春伸手撫摸亞夜香的頭，她露出愉快的笑容。

這三個人的感性果然很相似。

「不過有好多食材啊……吃得完嗎？」

由弦道出內心的擔憂。

雖說有七名正值發育期的男女，但食材的分量感覺依舊非常多。

「噢，別擔心，剩下的份我會加到晚餐的咖哩和味噌湯裡面。」

「感覺會是很豪華的晚餐。」

熊掌可能挺適合的。青蛙會適合嗎？

由弦心裡浮現一個問號。

※

幸好由弦的不安——食材會不會太多——只是杞人憂天。

海邊、炭火、ＢＢＱ、氣味相投的朋友。

具備這些條件，不可能沒食慾。

食材在一行人邊聊邊吃的過程中迅速消失。

當然沒辦法全部吃完……

不過只要拿去加入晚餐的咖哩，應該能消耗掉。

下午，眾人跑去做日光浴、男女分組玩沙灘排球、下海游泳……

時間倏忽即逝。

晚餐煮了咖哩。吃完後收拾餐具……

「大家還不能睡喔！夜晚還很長呢！」

眾人點頭同意亞夜香這句話。

所有人都還沒打算睡覺。

「那麼小愛理沙……妳帶了什麼電影過來？」

愛理沙負責的是晚上大家一起看的「電影」。

類型不論，全權交給愛理沙。

（可是，叫愛理沙帶電影啊……）

儘管講這種話有點那個，但愛理沙不太給人愛看娛樂作品——也就是所謂的「御宅族的印象」。

因此說實話，由弦不認為她適合這個任務。

亞夜香將電影交給愛理沙選的意圖，恐怕有一半是好奇她會帶什麼樣的電影來。

由弦也並非對愛理沙的興趣及嗜好無所不知，是以有點好奇。

（總覺得會是吉〇力的電影，或是王道的愛情文藝片。）

至少他不覺得愛理沙會帶怪獸片或動作片。

恐怖片呢？……想都不用想。

「敬請期待。」

愛理沙故作正經地回答亞夜香。

……看來很有自信。

「咦——好好奇！是什麼類型的？」

「……哎呀，老實說，我自己也不知道。」

愛理沙回答千春。

「只不過……我的養父推薦這部……那個人有去美國留學的經驗，照理說不會選到地雷。」

既然是去電影文化盛行的美國留學過的人挑的，這部電影絕對很好看。

愛理沙似乎是這麼想的。

根據非常薄弱。

（……沒問題嗎？）

由弦有點不安。

即使想要刻意奉承，但他實在不覺得愛理沙的養父——天城直樹在這方面的品味會有多好。

「妳完全沒檢查劇情？」

「有呀，我看過大綱，挺有趣的。」

愛理沙信心十足地回答由弦。

總之，她並非完全沒確認過內容。

「那由弦弦有記得準備點心嗎？」

「有是有。」
順帶一提，由弦負責帶的是點心。
他從背包拿出之前買的點心。
從洋芋片那類的零食到簡單的小點心，種類一應俱全。
「哦……比想像中讚嘛。」
「我還以為你肯定會帶不該出現在這裡的蛋糕過來。」
「我也是會看場合的。」
蛋糕沒有不好……
但不太適合在跟朋友一同嬉鬧的時候吃。
「小天香，有果汁嗎？」
「當然有。」
另外，天香負責的是飲料。
除了烤肉時喝剩的礦泉水、綠茶、烏龍茶……
她還拿出一瓶看起來很貴的柳橙汁。
標籤上寫著百分之百純果汁。
看來她帶了挺高級的東西。
「準備完畢……那麼，愛理沙同學。」

「好的，我要放嘍。」

在聖的催促下，愛理沙按下電視遙控器。

電影開始播放，片名立刻出現在螢幕上。

龍捲風飛鯊。

那就是那部電影的片名。

「哎呀——小愛理沙！妳真會挑片！」

電影播完後。

亞夜香高興地說。

「不愧是愛理沙同學！整個違背我的想像，卻又超乎我的期待！太棒了！」

千春也對愛理沙讚不絕口。

至於被稱讚的愛理沙……

「對呀，很有趣……幸好有請養父推薦。」

她滿足地點頭。

「由弦同學，你覺得怎麼樣？」

「咦？啊……呃，嗯，滿好……不對，滿歡樂的。」

比起好看，更接近歡樂。

這就是由弦對那部電影的感想。

鯊魚（偶爾會出現鱷魚）乘著颱風從天而降，無論怎麼想都覺得腦袋有洞的那部電影，再怎樣都稱不上好看。

可是，一群人聚在一起大笑，邊看邊吐槽，倒是滿歡樂的。

某種意義上而言，它是在這個場合播放的最佳答案。

「……妳喜歡這種類型？」

「是的，很喜歡！」

愛理沙帶著燦爛的笑容回答。

「是、是嗎……」

於是，由弦得知未婚妻出乎意料的一面。

※

「……這次是雙胞胎啊。」

「愛理沙同學好會生喔。」

「哎呀，小孩這麼多很好呀？這樣高瀨川家的未來就不用擔心嘍。」

千春、天香、亞夜香三人，紛紛祝福「生了小孩」的愛理沙。

愛理沙則羞得臉紅，扭扭捏捏的。

「別、別這樣！這、這是人生遊戲！又不是由弦同學的小孩……」

看完電影，七人玩起了聖帶來的——他負責帶能讓大家一起玩的遊戲，亦即所謂的娛樂道具——人生遊戲。

而愛理沙正好生了第四個小孩。

「亞夜香同學，妳聽見了嗎！她說那不是由弦同學的小孩！」

「討厭，由弦弦的大腦會炸掉的……」

「咦，劈腿……？」

聽見三人這麼說，愛理沙氣得豎起眉頭。

「沒、沒禮貌！既然是我生的，當然是由弦同學的孩子！」

「不過，由弦弦跟其他女人結婚生子了耶？」

亞夜香指著由弦的棋子。

由弦的棋子帶著「女性的棋子」和兩個「小孩的棋子」。

「那、那是……呃，這只是遊戲好嗎！不要跟現實混為一談！」

「順便問一下，現實妳想生幾個？」

「咦？嗯……孩子多一點比較熱鬧……妳在問什麼問題啦！」

愛理沙滿臉通紅，激動地大叫。

宗一郎和聖奸笑著，拍拍由弦的肩膀。

「你也聽到了。加油，由弦。」

「快點再生兩個，達到人家的目標吧。」

「你們喔……」

由弦苦笑著轉動轉盤，讓棋子往前走。

他停下來的格子上寫著「離婚！休息一次。支付慰撫金及贍養費，扣五百萬元」。

「咦？小愛理沙為什麼離婚了？討厭由弦弦了嗎？」

「離婚的不是我，是小三。清爽多了。」

「怎麼連妳都在亂講……」

一行人玩得挺開心的。

※

隔天早上——

「嗯……」

從窗外照進的晨光，令由弦忍不住睜開眼睛。

他環視周遭，看見空寶特瓶、零食的垃圾，以及裹著棉被睡覺的朋友們。

昨晚他們玩得很瘋，大家還沒上床就都睡著了。

「去睡回籠覺好了……不……」

等看完日出再睡回籠覺也不嫌遲。

由弦洗了把臉，走出別墅。

他來到沙灘上……

「啊，由弦同學。」

望見穿著睡衣的愛理沙。

她好像比由弦早一步醒來了。

「妳更早不是嗎？」

「你起得真早。」

「剛醒而已。」

愛理沙微微一笑。

兩人一起坐在沙灘上看海。

太陽正好升起。

「……要結束了呢。」

愛理沙微笑表示，語帶不捨。

等其他人起床吃完早餐，收拾完畢，他們預計中午踏上歸途。

「回去前都還是遠足時間啦，愛理沙，還有半天以上。」
「回程大家想必都在睡吧。」
「也對。」
由弦面露苦笑。
在海邊玩樂，又熬了夜，所有人的體力應該也耗盡了。
回程大家都會睡在車上吧。
由弦同樣沒自信撐得住。
「真的好開心……謝謝你。」
「該去謝邀妳來的亞夜香吧？」
由弦苦笑著說。
他跟愛理沙都是受邀者，是要道謝的那一方。
「當然會。可是……我能認識亞夜香同學，是託由弦同學的福。」
要是沒認識你。
要是沒跟你變成這樣的關係。
我現在應該不會在這裡。
應該不會有願意約我去海邊玩的朋友。
愛理沙笑著說道。

「所以……都是託你的福。」

「太抬舉我了。之所以能有現在，都是因為妳改變了吧？」

由弦知道。

她變得比以前還要開朗。

不再會看別人的臉色，隱藏真心。

知道她明白地告訴養父母「我想跟由弦結婚」，傳達自身的意志……知道她有了勇氣。

「我改變的契機，也是因為由弦同學。」

「即使如此……改變自己、想要努力改變，都是憑藉妳自己的意志及力量吧？」

「……是嗎？」

「沒錯。所以我才會喜歡上妳。」

由弦輕輕握住愛理沙的手。

「……謝謝你。」

愛理沙有些難為情，害羞地笑著點頭。

「不過……我在想，即使我需要你，對你來說，我是必要的嗎……」

「怎麼突然講這種話……」

「你一直都是很棒的人吧？」

由弦歪過頭。

愛理沙的意思是，在正面的意義上，遇到她之前和之後，他都沒有改變。
由弦倒是想告訴她「我變了」。
為了讓她看到自己帥氣的一面，他開始注意儀容，也會整理房間。
但她指的不是這個意思。
「我有給你什麼回報嗎……」
自己拜由弦所賜產生了改變，得到幸福。
可是，她有給予由弦相應的幸福嗎……她想表達的是這個。
由弦現在當然很幸福。
有這麼可愛的未婚妻的男人，不可能不幸福。
話雖如此，倒也不是說他在有愛理沙這個未婚妻前過得不幸福。
就這方面來說……與愛理沙比起來，由弦幸福和不幸福的差距可謂微乎其微。
「那我會期待將來的。」
他如此回答愛理沙。
「……將來？」
「希望妳讓我幸福到一想到要是沒有妳……要是沒有愛理沙在，要是愛理沙不是我的未婚妻，就會不寒而慄的地步。」
由弦搔著臉頰說道。

就連他自己都有點難為情。

「說得也是！未來的路……還很長嘛。」

愛理沙高興地微笑。

兩人拉近距離……

接了一個漫長的吻。

※

從海邊回來的數日後——

「欸、欸……由弦同學！請你把那張照片刪掉！」

「咦……有什麼關係？是妳說要跟我一起拍的……妳也很主動不是嗎？」

由弦和愛理沙看著手機爭執。

螢幕上映著身穿泳裝的兩人合照。

是去海邊的那天一起拍的。

「我、我改變主意了！留、留著那件泳裝的照片，果然很難為情……」

「呃、呃，可是……很可惜耶……」

「不行就是不行！」

愛理沙伸手去拿由弦的手機。

他急忙把手舉高，試圖從她的魔爪底下逃離。

她也一樣伸長手臂，壓在他身上。

由弦倒向後方，為了讓愛理沙遠離手機，用單手推開她……

不小心一掌抓住她的胸部。

「啊，喂……你在做什麼！」

愛理沙害臊地以雙手護住胸部，遠離由弦。

他趁機自她身下逃出。

「還不都是因為妳逼我刪掉照片。只不過是張照片，有什麼關係？」

「既然你覺得只不過是張照片，請你刪掉。本人近在眼前，有我就夠了吧？」

「但泳裝又不是能經常看到的東西……」

「以後每年夏天都看得到呀。」

況且……

愛理沙的臉頰微微泛紅。

「如果你真的很想看，拜託我穿給你看……也不是不行。」

「……真的嗎？」

「是的，因為我是你的未婚妻……本人比照片更好，不是嗎？」
愛理沙在由弦耳邊輕聲呢喃。
然後靜靜地把手伸向他的手機。
「所以……刪掉吧？」
「唔、唔……」
「好嘛？拜託你。你、你看……本人跟照片不一樣，碰得到喔？」
愛理沙邊說邊用胸部擠壓由弦。
柔軟的觸感令他動搖了。
「你看，由弦同學……你最喜歡這個了，對不對？剛才還伸手來摸呢。」
「誤、誤會，那是意外，不是故意的……」
「反正你都摸了，想不想再摸得更仔細一點？其實你很在意吧？」
愛理沙以手指戳著自己的胸部。
隔著白色的襯衫，可以看到底下的小可愛
「不、不用了……」
「忍耐對身體不好喔？」
愛理沙抓住由弦的手，輕輕拉向自己的胸部。
在她的催促下，他的手掌忍不住施力。

柔軟的觸感自掌心傳來。

「嗯……感覺如何？」

「……好軟。」

會讓人不想放開，令人上癮的觸感。

由弦不由得沉迷其中，一直摸下去。

愛理沙雖然羞得面紅耳赤，仍允許他摸了五秒。

接著……

「你摸了吧？來，請把照片刪掉。」

「唔……愛理沙，妳竟敢算計我？」

「是滿腦子色色的事的你不好。」

由弦哭著刪掉照片。

不過一直處於弱勢，他有點不滿。

「說人家色，妳不也很悶騷嗎？」

「什麼！你在說什麼……！我到底哪裡……！」

「這件衣服是特地穿給我看的吧？不是嗎？」

「這、這叫透視裝……是一種時尚！走在外面的時候我會穿外套，不是我不檢點……」

「可是，妳在我面前沒穿外套啊。」

「這、這是因為……就是這種設計……那個，你不喜歡嗎？」

由弦搖頭回答愛理沙。

「不，不會不喜歡。」

「那不就好了……我是迫於無奈，才會配合你的喜好。」

愛理沙微微一笑。

「你的未婚妻是我，真是太好嘍。」

「嗯……對啊。一想到要是我的未婚妻不是妳……我就不寒而慄。」

由弦笑著說道，輕輕將愛理沙拉過來。

然後吻上她的唇。

而愛理沙也沒有抗拒。

就這樣把頭靠在他的肩上。

「那個……由弦同學，關於……我們的未來。」

「嗯？」

「……你想要小孩嗎？」

「小、小孩！」

愛理沙突如其來的發言，令由弦的心臟用力跳動。

「沒、沒有啦……之前……玩人生遊戲時，不是聊到了小孩嗎？」

「喔、喔……嗯，確實。」

「由弦同學……想要小孩嗎？」

愛理沙由下往上看著他詢問。

他一瞬間差點誤會她在誘惑自己。

事實上，現在就是那種氣氛……

不過，高中生談懷孕成何體統？

也就是說，愛理沙純粹是在討論未來的家庭計畫。

……由弦決定暫時這樣想。

「當然想。」

首先是由弦個人的想法，他想要跟心愛之人的小孩。

第二是身為高瀨川家的下任當家，必須生下繼承人的責任感。

講白點，對由弦而言，這個問題問都不用問。

「是嗎……太好了。」

「太好了……？」

「聽說最近也有很多不會特別想要小孩的人……啊，我當然……那個……也想要。」

愛理沙羞澀地對由弦說。

從嬌嫩的嘴唇說出「想要小孩」，害由弦有點心跳加速。

「順便問一下……你想要男生還是女生？有特別想要生幾個嗎？」

「各一個吧……」

「為什麼？」

「因為我家是這樣，就以此為基準了……妳呢？」

「我對性別沒有特別的要求……不，果然還是男女都想要吧。人數……我想要三個。」

「三個人確實不錯，比較熱鬧。」

有一個妹妹的由弦，曾經想過要是有個弟弟，或許也不錯。

彩弓似乎也想要妹妹或弟弟。

若基準是兩個小孩，再多加一個人，對由弦來說或許最為理想。

「不過……三個人的話，我、我得加油呢……」

她紅著臉說道。

的確，要「生小孩」的是愛理沙。由弦可以陪在她身邊、提供幫助，卻無法代替她。

「是沒錯……但妳不用太有壓力。再說，那還是很久以後的事。」

「很久以後的事……你覺得要多久？」

「至少得等到大學畢業吧……？」

在學期間懷孕生小孩，傳出去不太好聽。

「畢、畢業後？那還真是……要等很久呢。」

「……妳希望更早一點嗎？」

「咦？沒、沒有……就、就是……那個……一旦關鍵時刻做不好就糟了。是不是提早練習比較好……」

「……練習？」

「是的。你想，之前接吻的時候……不是也做過嗎？我們的關係也加深了……那、那個，差不多……可、可以了吧……」

愛理沙邊說邊不停偷看由弦的臉。

這時，由弦發現自己的認知和愛理沙的認知有所出入。

「喔、喔！原、原來如此，妳在講那個啊……嗯，說得對。或許可以開始練習了。」

「……你以為我在講什麼？」

「……講準備懷孕。」

愛理沙用拳頭輕敲由弦的胸膛。

「怎、怎麼可能！不、不對，也不是毫無關聯。不如說是類似的話題……」

「抱、抱歉，因為妳的鋪陳……是非常具體的家庭計畫……」

「請、請想一下之前的氣氛！不是那、那種……氣氛嗎……」

愛理沙羞得肩膀顫抖了起來。

等於證明由弦說的「愛理沙很悶騷」是對的。

「抱歉，抱歉……我當然也想做。畢竟我們都得加油，才能生三個孩子嘛。」

「由弦同學是大笨蛋！」

由弦本來是想給愛理沙台階下，她卻覺得自己被調侃了。

她用力捶打由弦的胸膛。

「再、再說……生小孩那種事，還要等很久不是嗎？又還沒確定要生……」

「咦？……妳不想生小孩嗎？」

「沒有，我想生……卻不太能想像自己有小孩……」

愛理沙對於自己總有一天會當媽媽一事，似乎沒有真實感。

說起來由弦也一樣，不太能想像成為父親的自己。

「況且……暫時兩個人一起生活也不錯……」

「的確，生了小孩應該會很忙。」

雖然由弦的父親和祖父可能會催促他們兩個……

然而比起父親和祖父想抱孫子／曾孫的心情，與未婚妻相處的時間、與妻子兩人獨處的時間更加重要。

「說起來，那不是等大學畢業，找到工作後才要認真考慮的問題嗎？」

「也對。」

「何況竟然要談還沒出生的孩子的結婚對象……未免太早了。」

「孩子的結婚對象？」

由弦一頭霧水。

至少他沒提過尚未誕生的孩子的未來。

當然，必須養育高瀨川家下一任繼承人的覺悟，他倒是已經做足了。

「千春同學之前說過，要不要讓她的小孩和我的小孩相親……就算是開玩笑，你不覺得她操之過急了嗎？」

「啊——那件事啊。原來千春也跟妳聊過。」

「……意思是，她也有跟你說過嘍？」

「她想把這當成高瀨川和上西友好的橋梁。」

由弦不由得聳了聳肩膀。

「確實操之過急了……小孩子是上天帶來的，沒人知道懷不懷得上。性別也是……同性就很難結婚了吧。」

「對呀。況且政治婚姻這種事……」

「不過如果成真，或許也不是壞事啦。」

「……咦？」

愛理沙聽了，略微驚訝地睜大眼睛。

「……由弦同學有那個打算嗎？」

「哎呀，倒也不是。再說小孩都還沒出生，討論這個也沒用……」
「那……假如小孩出生了呢？」
「可以考慮看看吧？當然，要不要答應得由還沒出生的孩子決定。」
說著說著，由弦忍不住苦笑起來。
幫連影子都沒有的小孩考慮戀愛問題，根本一點意義都沒有。
縱使小孩出生了，這種事依舊無法預測。
「但……那可是政治婚姻喔？」
「……我們不也是這樣嗎？」
「……由弦同學是因為家庭因素才跟我訂婚的嗎？不是吧……？」
愛理沙像是要提醒他似的詢問由弦。
他用力搖頭，彷彿表示：「這還用說嗎？」
「當然不是。除去家庭因素，我是因為喜歡妳……才正式向妳求婚的吧？」
並非出於父母的意志。
而是出於自身的意志。
由弦的求婚蘊含這樣的意義。
「對吧？既然如此……我們就是戀愛結婚吧？」
「呃，可是契機在於相親……所以是政治婚姻吧？要是沒在那個地方認識妳……不對，我們是同學，所以早就認識了。但應該不會變成這種關係吧？」

相親。

訂定假婚約。

遭受挫折，接受對方的幫助。

為了瞞住雙方家長而約會。

進展至目前的關係。

至少由弦是這麼認為的。

愛理沙對此也沒有異議。

然而……

「或許是這樣沒錯……」

「愛理沙……？」

「對不起，我沒辦法表達清楚。」

愛理沙有些困擾地搔著臉頰。

由弦同樣無法理解她在意的是什麼，一臉疑惑。

唯一可以確定的是……

看來由弦跟愛理沙的戀愛觀有著巨大的差異。

兩人現在才意識到這個事實。

番外篇　被關進「不〇〇就不能離開的房間」的由弦和愛理沙

「由弦同學……由弦同學！」

由弦睜開眼睛，眼前是心愛的未婚妻。

她呼喚著由弦的名字，試圖搖醒他。

「早安……愛理沙，妳今天也很可愛。」

「……別說夢話了，快起來。」

聽見她有點冷淡的語氣，由弦揉著眼睛坐起身。

然後環視周遭。

這裡是間純白的房間。除了疑似房門的物體外，四周空無一物。

「呃……這裡是哪裡？」

「這是我要問的。我醒過來時就在這裡了……是你搞的鬼吧？」

「為什麼是我……」

即使他們被監禁了，罪魁禍首根本不可能是由弦，因為他也被關在這個房間。

「不要裝傻……會做那種事的，就只有你一個人。」

愛理沙指向房門，臉頰有點紅。
門上寫著這行字。
『不做色色的事就不能離開的房間。』
「……」
「再、再怎麼想跟我做……也、也不要做這種惡作劇！」
愛理沙紅著臉，生氣地說。她看起來有點高興，不曉得是不是錯覺？
然而由弦一頭霧水。
「我真的不知道……」
「咦……？」
愛理沙睜大眼睛。發現犯人似乎不是由弦的她，面色僵硬。
「那、那還真是……傷腦筋。」
「門打不開嗎？」
「至少以我的力氣打不開……」
以愛理沙的力氣打不開，不過憑藉由弦的腕力可能打得開。
於是，由弦強行拉門、推門，或者用身體撞擊。
依舊打不開。
兩人大聲求救，房門卻沒有要開啟的跡象。

「該不會真的要做色色的事，門才會開吧……？」
「怎麼可能？又不是薄本……」
「……愛理沙，妳看過薄本嗎？」
「咦？啊……怎、怎麼可能！是、是亞夜香同學亂教我的知識！」
愛理沙的表情有點慌張。看她這個反應，似乎是有看過。
但現在沒時間追問這件事。
「……沒辦法。」
她喃喃自語。
鬆開制服的緞帶，一顆顆解開鈕扣。
黑色的蕾絲內衣——她的內衣比想像中還性感——逐漸露出。
「愛、愛理沙……？」
由弦紅著臉，一臉困惑。
愛理沙將襯衫的鈕扣全數解開，害羞地瞪向他。
「好、好了……你也快一點……」
「呃、呃，可是……」
「有、有什麼辦法！不、不這麼做……門就不會開吧？」
愛理沙紅著臉，羞澀地遮著胸部說。

「快、快點……只有我一個人脫，很害羞……」

「……知道了。」

由弦放棄掙扎，解開襯衫的釦子。脫掉底下的衣服，上半身全裸。

「那個……妳也……」

「再、再讓我穿一下……」

愛理沙維持襯衫鈕釦全開的狀態說道。

由弦開不了口逼她脫衣服，只能輕輕點頭。

「還、還有……由弦同學。」

「……怎麼了？」

「那、那個……我、我是第一次……請、請你溫柔一點……」

她害羞地低著頭說。

未婚妻惹人憐愛的態度，害由弦忍不住嚥下一口唾液。

「好、好。」

由弦點點頭，把手放在愛理沙纖細的肩膀上。

他慢慢拉近她，吻上那柔軟的嘴唇。

兩人的嘴唇互相輕啄了幾下，然後緊密貼合。

用嘴唇確認唇形，舌頭輕輕探入其中。

由弦用自己的舌頭纏住愛理沙的舌尖。

愛理沙也笨拙地小口舔舐由弦的舌頭。

「由、由弦同學……」

臉泛紅潮的愛理沙抬頭看著由弦，表情顯得有些慾求不滿。

他揪住她的襯衫，自肩膀慢慢褪下。

雪白的肌膚，以及被黑色蕾絲內衣包覆的雙峰映入眼簾。

「……妳好美。」

由弦朝愛理沙胸前的碩大果實伸出手。

把手放在隔著襯衫都能清楚看出形狀的胸部上。

「嗯啊……」

他溫柔地加重力道，她便發出甜美的呻吟聲。

「由、由弦同學，我、我還要……」

「愛理沙……」

由弦準備褪去愛理沙的內褲……就在這時，「喀嚓」一聲傳來。

由弦和愛理沙同時望向門口。

「該不會……」

「開了嗎？」

兩人面面相覷，慢步走向房門。

然後輕輕一推……門開了。

「沒想到真的只要做色色的事就會開耶。」

「不、不過……真奇怪，我們又沒做到最後……」

「……做到最後？」

由弦不禁感到疑惑。他不知道愛理沙說的「最後」是什麼意思。

「沒、沒有啦……就是……色色的事。那個……我們又沒做。至、至少要做到……呃……那個地步吧？」

「……不是只要做色色的事就好嗎？」

只要是「色色的事」，照理說做什麼都行。儘管做到什麼程度可以定義為「色色的事」因人而異……但由弦覺得已經符合條件了。

「……咦？」

愛理沙當場愣住，臉頰迅速變紅。

「咦，啊……沒、沒有……那個……」

「……難道愛理沙想做到最後？沒想到妳這麼悶騷……」

「不是的！」

啪！愛理沙用力拍打由弦的胸口。

然後……

那陣疼痛令由弦睜開眼睛。

「好、好痛……妳、妳在幹嘛……是夢？」

胸口的疼痛令由弦從床上彈起來。

他左顧右盼……確認這裡是自己的房間。

「一、一大早就作了奇怪的夢……」

難道是我慾求不滿？由弦對自己的身體狀態感到疑惑。

接著露出淡淡苦笑。

「哎呀……不過，就差一點呢……」

反正是夢，早知道便做到最後……由弦有些後悔。

「由弦同學是大笨蛋！……咦？」

自己的吶喊聲令愛理沙睜開眼睛。

她左顧右盼，發現這裡是自己的房間。

「什、什麼嘛，原來是夢……」

看來是夢。愛理沙如此確信，放下心來……臉頰卻立刻紅成一片。

「竟、竟然作了那種夢……」

自己有那麼慾求不滿嗎！愛理沙害羞地用雙手摀住臉。

然後突然想到──

「反、反正是夢……何不做到最後……」

她有點後悔。

過了一段時間──

「愛理沙，早安……怎麼了？妳臉好紅。」

「沒、沒事……」

愛理沙暫時無法正視由弦的臉。

後記

好久不見。我是櫻木櫻。

這次順利出版第五集，更新了我的作品的最長紀錄。

能走到這一步，也是多虧有各位的支持。謝謝大家。

那麼，關於第五集的內容，一言以蔽之便是以「由弦和愛理沙的認知差異」為主題。

由於怕洩漏劇情，詳細內容我就不在這邊多提了，總之就是之前一直沒有浮現檯面的問題，終於探出了頭的感覺。

這是發自內心瞭解對方，開始考慮未來後才會遇到的問題，所以我認為這並非倒退，而是前進。

問題本身看起來很嚴重，不過就跟新婚夫妻在吵荷包蛋要淋醬油還是醬汁類似。

這個問題要等到第六集以後才會真正解決。

順帶一提，我是醬油派。醬汁不適合配荷包蛋吧……

關於ＩＦ線，跟之前一樣，因為有多的篇幅，我就拿來用了。內容是我在第四集稍微預告過的東西。除了ＩＦ線，特典的短篇小說我也常常煩惱要寫些什麼，所以在此認真徵求建議。在推特加上「不想相親」之類的標籤，發推告訴我「我想看這種劇情」，可能會被採用……吧？

話說回來，本作的漫畫版在七月八日發售（註：此指日本出版時間）了。（御幸つぐはる老師，恭喜漫畫版第一集發售！今後也請多多關照！）

漫畫版會以與小說不同的形式，描繪由弦和愛理沙的故事。請大家考慮買來看看。

那麼，差不多該向大家道謝了。

負責繪製插圖、角色設計的clear老師，這次也非常感謝您畫了那麼美麗的插畫、封面。

另外也再次向參與本書製作流程的所有工作人員致上謝意。最感謝的是購買本書的各位讀者。

期待第六集還能與各位相見。

義妹生活 1~5 待續

作者：三河ごーすと　插畫：Hiten

萬聖節的燈火具有魔力。
展開不能讓任何人知曉的祕密生活——

既像兄妹又像戀人的悠太與沙季，有了一段無從命名的關係。彼此在適度依賴彼此的同時，嘗試著成為對方的理想伴侶。原先對異性不抱期待的兩人，在共度相同時光的情況之下，逐漸產生「變化」的徵兆。而周圍的人也慢慢注意到他們的「變化」……？

各 **NT$200~220/HK$67~73**

繼母的拖油瓶是我的前女友 1~9 待續

作者：紙城境介　插畫：たかやKi

該選擇與結女再次兩情相悅的未來，
還是幫助伊佐奈發揚才華的夢想？

水斗為伊佐奈的才華深深著迷，熱衷於她的職涯規劃。兩人為了轉換心情去聽遊戲創作者演講，主講人卻是結女的父親！儘管自知對結女的感情日益增長，然而事態將可能演變成家庭問題，水斗在戀情與現實間搖擺不定，結女卻開始積極進攻——

各 **NT$220~270/HK$73~90**

你喜歡的不是女兒而是我!? 1~5 待續

作者：望公太　插畫：ぎうにう

在好不容易開始交往的兩人前方等待的，
是卿卿我我的同居生活？還是——

　我終於和阿巧成功交往，卻必須為了工作單身赴任。下定決心要談一場遠距離戀愛的我隻身來到東京，迎來的卻非遠距離戀愛，而是同居生活？居然這麼突然就要同住一個屋簷下，無論是吃飯還是洗澡……就連臥室也共用一間，這下我們會變成怎樣啦！

各 **NT$220/HK$73**

神童勇者的女僕都是漂亮大姊姊!? 1~4 待續

作者：望公太　插畫：ぴょん吉

值得記念的第一屆
「挑選主人的服飾大賽」開始嘍！

席恩偶然獲得未知的聖劍，宅邸內卻因牌局和A書騷動，依舊鬧得不可開交。在女僕們「挑選最適合席恩的服飾大賽」結束後，一行人出發調查某個溫泉，並受託解決溫泉觀光地化面臨的問題，沒想到那裡竟是強悍魔獸的住處……令人會心一笑的第四彈！

各 **NT$200/HK$67**

青梅竹馬絕對不會輸的戀愛喜劇 1~9 待續

作者：二丸修一　插畫：しぐれうい

女主角們之間戰雲密布，
聖戰開打的第9集！

我跟老爸吵架，在衝動下離家出走，正走投無路時居然就接到白草打來的救命電話！我到白草的房間，便發現白草散發的氣息好像跟平時不同⋯⋯？面對情人節，白草決定要一決勝負。她能贏過領先一步的黑羽，還有虎視眈眈地等候機會的真理愛嗎？

各 NT$200~240/HK$67~80

位於戀愛光譜極端的我們 1~5 待續

作者：長岡マキ子　插畫：magako

手牽著手走在路上。
光是這樣就讓人內心充滿溫暖。

這次將獻上高中生活最大的樂趣——校外教學！經歷了無法如意的人際關係、充滿煎熬的思念之情與許多歡笑的時刻後，大家都逐漸成長。龍斗當然也是——「爸爸、媽媽。謝謝你們生下我。加島龍斗，十七歲，即將登大人啦！」呃……咦？怎麼回事？

各 **NT$220~250/HK$73~83**

不時輕聲地以俄語遮羞的鄰座艾莉同學 1~4.5 待續

作者：燦燦SUN　插畫：ももこ

政近中了有希的催眠術而成為溺愛系型男？
描寫學生會成員夏季插曲的外傳短篇集登場！

艾莉進行超辣修行而前往拉麵店，遇到一名意外人物？想讓艾莉穿上可愛的泳裝！解放慾望的瑪夏害得艾莉成為換裝娃娃？又強又美麗的姊姊大人茅咲，與會長統也墜入情網的過程——充滿夏季風情的外傳短篇集繽紛登場！

各 **NT$200~260/HK$67~87**

因為女朋友被學長NTR了，我也要NTR學長的女朋友 1~2 待續

作者：震電みひろ　插畫：加川壱互

NTR的連鎖效應？第二戰即將爆發——
「與其選那樣的熟女，不如選我吧！」

時值跨年，優在新年參拜時與摯友的妹妹明華重逢。被哥哥帶去參加滑雪外宿活動的她，猛烈地對優展開追求！燈子害怕被NTR而著急起來，於是藉著酒意對優直率地傳達心意，卻因為煞不住車而衝過頭？

各 **NT$220~250/HK$73~83**

救了想一躍而下的女高中生會發生什麼事？1~4（完）

作者：岸馬きらく　插畫：黒なまこ　角色原案、漫畫：らたん

塑造出結城祐介的過去及一路走來的軌跡終將明朗。
加深兩人愛情與牽絆的第四集——

寒假第一天，兩人接受結城母親的邀請，前往結城老家。神色緊張的小鳥第一次見到了結城性格爽朗的母親，以及與哥哥截然不同，總是閉門不出的弟弟。不僅如此，甚至還出現一個宣稱自己喜歡結城的兒時玩伴……？

各 **NT$200~220/HK$67~73**

身為VTuber的我因為忘記關台而成了傳說 1~4 待續

作者：七斗七　插畫：塩かずのこ

衝擊的VTuber喜劇，
這樣難怪被沒收的第四集！

參加晴的首次個人演唱會後，淡雪正為順利落幕的合作活動感到開心。然而沒過多久，二期生宇月聖就驚傳收益遭到沒收？儘管眾人召開了重拾收益化的會議，卻礙於聖的存在本身過於敏感而導致討論停滯不前。於是詩音終於做出強勢發言……？

各 **NT$200~220/HK$67~73**

豬肝記得煮熟再吃 1~6 待續

作者：逆井卓馬　插畫：遠坂あさぎ

潔絲化身名偵探？豬與少女接下新委託，
這次也噗噗地來解決事件吧——

終於打倒最凶殘的魔法使，迎接快樂結局！……現實當然沒有這麼順利。與深世界的融合現象引發了一場混亂，課題堆積如山。眾人尋找解放耶穌瑪的關鍵——「最初的項圈」，詭異的連續殺人事件卻阻擋在眼前……

各 **NT$200~250/HK$67~83**

倖存鍊金術師的城市慢活記 1~6 完

作者：のの原兎太　插畫：ox

這是居住在魔森林的精靈與魔物，
以及人類之間的故事。

對吉克蒙德失去信任的瑪莉艾拉從「枝陽」離家出走。就像是要「回老家」似的，瑪莉艾拉為了尋找師父芙蕾琪嘉，與火蠑螈及「黑鐵運輸隊」一同前往「魔森林」。然而……

各 **NT$260~300/HK$87~98**

國家圖書館出版品預行編目資料

一點都不想相親的我設下高門檻條件,結果同班同學成了婚約對象!?/櫻木櫻作；Runoka譯. -- 初版. -- 臺北市：臺灣角川股份有限公司, 2023.06-
冊；　公分

譯自：お見合いしたくなかったので、無理難題な条件をつけたら同級生が来た件について
ISBN 978-626-352-602-0(第5冊：平裝)

861.57　　112005505

Kadokawa
Fantastic
Novels

一點都不想相親的我設下高門檻條件，結果同班同學成了婚約對象!? 5

（原著名：お見合いしたくなかったので、無理難題な条件をつけたら同級生が来た件について 5）

2023年6月7日　初版第1刷發行

作　者：櫻木櫻
插　畫：clear
譯　者：Runoka

發行人：岩崎剛人
總編輯：蔡佩芬
編　輯：邱璨萱
美術設計：吳佳昫
印　務：李明修（主任）、張加恩（主任）、張凱棋

發行所：台灣角川股份有限公司
地　址：104台北市中山區松江路223號3樓
電　話：（02）2515-3000
傳　真：（02）2515-0033
網　址：www.kadokawa.com.tw
劃撥帳戶：台灣角川股份有限公司
劃撥帳號：19487412
法律顧問：有澤法律事務所
製　版：尚騰印刷事業有限公司
ISBN：978-626-352-602-0